底辺女子高生

豊島ミホ

底辺女子高生

底辺女子高生　目次

本文イラスト・豊島ミホ

一人称問題

一九九七年、桜が咲くには少々早い雪国の春、さまざまな期待を胸に、秋田県の某県立高校に入学した私。はっきり言って進学校、同じ中学から来た子はたったのひとりだった。「中学までの私」を清算して、青春コースをランクアップさせるチャンス。さあ新しいクラスのみなさんに自分から声をかけよう!

……となったところで、さっそくカルチャーショックに出会った。

カルチャー。そう、カルチャーが違うのだ。東京都民からみたら秋田県などどこをとっても「なまはげの出る田舎」でしかないのだろうが、秋田県のなかでは市町村ランクが歴然と存在しているのである(あと、なまはげが出る地域は全県の一パーセントにも満たない)。東京で言えば渋谷>町田であるように、秋田県においては、主要三市(秋田・大館・横手)>それ以外の市と一般的な町村部>県境に接する町村(要するに山奥)、というランクが微妙に存在しているのだ。

私は「県境に接する町村」の出身で、入学した高校は「主要三市」のうちのひとつにあった。であるからしてそこにはカルチャーの差がある。相手がちょっと口を開いただけではっきりとわかるカルチャーの差が。

たとえば新しいクラスメイトたちの、「出身？　あたし南中」という一言に。

その一言だけで、私は戦慄《せんりつ》したのである。

――「あたし」？

その一人称は、私の町（要するに山奥である町）で一般的な一人称とは違っていた。

――「オラ」じゃねの？

私の町では、女子はだいたい自分のことを「オラ」と言う。本当に本当の「だいたい」で、学年に六十人の女子が居るとすれば五十五人は「オラ」を使用している。非・東北人はこの「オラ」を「オラ悟空！」（『ドラゴンボール』）のアクセントで読んでしまうようだが、「ラ」にアクセントがつくのが秋田弁に於《お》いては一般的である。「村」「柄」などと同じアクセントだということだ。その辺、留意していただきたい。

ともかく、関西の女子が「うちなー」と言うように、わが町の女子は「オラよー」と言うのである。別におかしいことでも何でもない。むしろ今思うと、モデル並みに可愛い女子が

高校デビューしたかった！
けど、
人には限界がある。
近所で切ったかみ
えいわ
古語
辞書おもいからリュック…
エヘー。。
どうにも大人しいスカート丈

ちょっとこう、首を傾けて「オラよー、昨日よー」なんて言ってるのはたまらなく良い。

だが、まあそれは「今思うと」という話で、当時の私には自分の「オラ」と周りの「あたし」の差異が、たいへんな衝撃であった。東京に出るとなればある程度心構えをしていっただろうが、まさか、たかが数十キロ移動したばかりで言葉の差が出るとは思っていなかったのである。

どうすべきか？

まあ、少しは悩んだ。四月の間はなるべく自己主張を抑え（一人称を使わないため）、どうしても一人称を使わねばならないときは何故か「うち」と言ってみたりした。不自然極まりない。

そして、梅雨に入る前に私は悟った。

——無理。オラには「あたし」って言うの無理。

多分、日本のほとんどの土地に住む人たちにはわからないだろうが、ある程度の年になってから一人称を変えるというのは、「難しい」というよりむしろ「恥ずかしい」のである。明日から名前を変えろと言われるようなものだ。

——「あたし」って何だよ！「オラ」は「オラ」なんだ！　それ以外の何者でもねー！

アイデンティティーというやつである。「オラ」はオラのアイデンティティー。

そして私は開き直った。「えー、オラはそう思わね！」などと堂々自己主張をするようになった。「オラ」は微妙に周囲のクラスメイトに伝染し始めるまでとなった。

しかし青春の日々には問題がふりかかる。

それは「恋」……！

いきなり王道っぽい話じゃないか、と思われるかもしれないが、とりあえず相手は王道ではなかった。顔には十五歳男子にふさわしいニキビが多く見られ、髪の毛は自然のベクトルのままに伸びており（つまりぼさぼさ）、とうてい「モテ」には届かなそうな男子・Kくん。

Kくんは同じクラスで、放課後教室に残る仲間だった。Kくんはバスを、私は電車を待たねばならなかったので、毎日のように一緒に教室に残って、お喋《しゃべ》り混じりの自習をしていたのである（一時間単位で待たないとバスも電車も来ない、それが田舎の現実だ）。

一体どんなことを話していたのか、今となっては思い出せない。けどまあ、とにかく毎日ゲラゲラ笑っていたことはぼんやりと残っている。はっきり言って、高校三年間で学校に行くのが楽しかったのは、この数ヶ月間のみだ。ベタだけど、教室に射し込む夕陽がたいへん美しく、四階の教室はちょっとだけ空に近くて、手をのばせば飛んでるトンボに触れることもできそうで……ハイ。何だかいつも窓辺に立って喋ってたような気がするなあ。

十五の夏にトリップしそうだが、それが本題ではない。あくまで「一人称」の話。

何故「一人称」と「恋」が関係あるのか？

告《コク》るとなれば「オラ」ではまずい事態が発生するのである。

ちょっと「告白」のシーンを想像してみて欲しい。書くのはこっぱずかしいので書かないが、どこかで必ず「私」もしくは「あたし」と言わなければならないということがわかってもらえるだろうか。

「好きなの」

「え？」

「私、○○くんのこと好きなの！」

みたいな。書いちゃったじゃないですか。とにかく、絶対「私」が入るのだ。日本語に於いても、こういう重要な意思表明には一人称が入る決まりなのである。「俺、プロ野球選手になりたいんだ！」にしても何にしてもだ。

で、十五歳・夏の私が告白をするとすればこうなるわけである。

「オラ、Kくんのごど好ぎなんて」

Kくん。
きゃ〜♥
やばい似すぎた

「オラ」で「好ぎ」で、極めつきが「ごど」だ。だから断られるとかそうでなくとも断られるとか、そういう問題を抜きにしても、もう詩的にダメというか……ダメだろ。特に「ごど」の辺りがバッドバイブを発している。GO-DO！　ヒップホップ系？

かくして私は、一人称矯正の決意を固めた。

同じ中学から来て一緒に電車待ちをしている（そして帰りの電車でさんざん恋バナに付き合わせている）Mちゃんに、こうお願いしたのである。

「これから、あ、あたしがもし『オラ』っていう言葉を使ったら、そのぶんだけ放課後に教室で自習すんのナシにして！　図書室で勉強することにして！」

我ながら、なかなか考えたなと思う。「オラ」使用→教室で自習しない→Kくんとお喋りできない、という仕組みなのだ（放課後以外はあまり彼と話をすることがなかった）。Mちゃんはこの申し出をこころよく受けてくれた。

「……でしゃ、オラよー」

「豊島ちゃん（仮名）、四回目」

Mちゃんのカウントは正確だった。一度「オラ」を使うと、一日ぶんの教室自習が没収となる。私はMちゃんからの指摘を受けるたび、手帳のカレンダーのマスにバッテンを書き入れた。

——今日と、明日と、明後日はKくんとのお喋りおあずけ。

バッテンは無情にも増えていく。私は「オラ」の「オ」を言いそうになるたびに息を飲む。それでもついベラッと口にしてしまう「オラよー」「オラの！」「オラはなー」。


そうして矯正プログラムを実施すること一ヶ月。

「あたし昨日ねー」「あ、それあたしの！」「でもあたしはー……」

完璧であった。十年以上使っていた「オラ」の存在をすっかり忘れてしまったかのように、私は「あたし」になったのだった（そして一人称を直すことで他の言葉遣いも標準語に大幅に寄った）。

自分でもうOKだと思った頃、私はMちゃんにありがとうを言った。

「もう馴染《なじ》んだ！　『あたし』って言える！　Mちゃんのおかげだよー！」

Mちゃんも私が「あたし」になったことを認めてくれた。そして当然のことながらこう言った。

「良かった！　これでKくんに告白できるねー」

「……ん？」

一ヶ月というのは、私とKくんを疎遠にするのに十分だった、という話である。えんえん続いた図書室自習のあと、ふと気が付くともう、空気が違っていた。私とKくんの間の空気が、である。放課後の過ごし方が「教室自習」に戻っても、いつの間にか変わったものはもとに戻らなかった。そして私自身も、気付くと特にKくんのことを好きではなくなっていたのである。

楽しかったお喋りの感じも、高校生なんだから彼氏欲しーい、という浮かれた気分も、蒸発したようにからっとなくなっていた。私の手元に残されたのは新しい一人称だけだった。人は、何かを手に入れるために何かを失っていくのだ。

こうして私は「あたし」もしくは「私」を使えるようになりました。

Kくんは、確か地元の大学に進学したんではなかったでしょうか。「オラよー」って言う彼女ができているかもしれませんね。

山口にいったとき
方言でしゃべってる
女子高生がかわいかった。
だって
恋しちょーもん!!
かわいい子の方言
は、本当にかわいい。
オラよー!!
ちょっと
台詞と顔が
あってない感がかわいいい。

通学電車の先輩へ

「高校時代は勉強ばかりしていました！」と言っている作家さんのエッセイやインタビューというのは今まで見たことがないけれど、私は、ものすごく勉強していた。二年生で落ちこぼれるまでは、ほんとうにほんとうに勉強していた。なにしろ学校から帰ってきて一番最初にすることが、明日の時間割と時計の針を見比べて「計画」を立てることだったんである。

「今からご飯食べて、八時には後片付けが終わるから、その後九時まで化学の宿題やって、んで九時から数学かな。十時半から十一時までお風呂で、その後は……うわ、英語あるんだった。わかんない単語だけ調べて、あとは明日の朝自習で何とかしよう。漢文は、寝る前にちょっとやって、あとは電車で虎の巻読むことにすれば、十二時までに寝られるかなあ」

家庭学習計画。明日の朝、一時間目開始までが全て勉強時間に含まれるスケジュールである。このハードスケジュールに於いては、通学電車に乗っている三十分ちょっとの時間も、非常に貴重な勉強時間だ。

勉強以外していないじゃないかと、みなさん思うでしょう。でも当時の私の将来ビジョンは、「東北大の工学部に入って大学院に進み、教授に気に入られてそのまま大学に居座る」という現実的なやつだったので、それでよかったのだ（なのに何故現状が「コレ」なのか、という話は本題からズレるのでおいといて）。

そんなふうに勉強に追われていると、自然、睡眠時間が短くなった。で、通学電車でも教科書と向き合わなくちゃいけないわけだから、睡魔は倍増。田園をゆく電車のゆりかごリズムに揺られ、地球の生物の進化がどーたらこーたらと書いてあるらしい英語の羅列を目で追いながら、クリアーな脳を保てるわけがない。細く透明な虫をあたまのてっぺんからすーっと抜き取られるような感覚に襲われ、カックリいってしまう。

それだけならよかった。しかし私には、とても悪い癖があったのだ。

前項で書いたように私は「県境」に住んでいたので、朝に乗る駅では、電車はがらがらである。必ず、友だちと二人で並んで座る。で、並んで教科書を開いている……わけだが、私は、カックリいくと隣の人に寄りかかってしまうのだ。被害者は友達のMちゃんのこともあったし、見知らぬお年寄りのこともあった。電車に乗っているお年寄りは、たいてい肩が痛いの腰が痛いので病院に行くところなわけだから、寄りかかられることは甚大な被害だったろうと思う。Mちゃんも、電車を降りてから「重かったんだけど！」と結構本気で怒った。そのたびに私はちっちゃくなって「ごめん」と言わなければならなかった。

そんなふうに、あまりいい思いをしない通学電車で、ひとつだけ楽しみなことがあった。途中の駅から乗ってくる、他校の先輩の存在である。

三つ隣の駅で乗り、同じ駅で降りる、ブレザーの制服の男子二人組がいた。クラス章を見ると三年生だとわかった。片方はのっぽで公家顔、片方はコロンとしていて濃い顔、である。最初見たときにすぐ、漫才コンビみたいだ、と思った。爆笑問題あるいはオール阪神・巨人。スタンダードなお笑いコンビである。

地味な先輩たちだった。彼らの学校はいわゆる「就職校」で、勉強はできないけど華やかなタイプの男子がたくさん居る感じだったのに、その先輩たちはすこぶる大人《おとな》しそうだった。なんというか、「共学なのに女子と話してない感じ」がありありと顔に出ていた（他人のことは言えないが）。休み時間に、教室の一番後ろの落ち着かない廊下側に男子だけで固まって、ゲームの話をして笑っている姿が想像できる。このコンビは学校でもコンビなのだろうな、と思った。

彼らは実際よく喋っていた。のっぽがボケで、コロンがツッコミだった。ハイテンション

先パイコンビ
すごいうろおぼえ…
制服も…

に思ったことをまくしたてるのっぽ。それにごく冷たい一言で応じるコロン。聞いているとおかしくって、私は教科書に目を落としているフリをして笑いをこらえていた。

電車が、小さなライブの席になる。観客は多分、私ひとりだった。乗ってくる高校生たちは、それぞれ友だちとお喋りしているのが普通だったし、Mちゃんに「ねえねえ、今日のあの二人の話、聞いてた？」と興奮しながら尋ねても「聞いてないよ」と言われたので。

私は、のっぽのボケが特に好きだった。朝から「ちょっと面白いこと喋ってる俺」を意識した浮ついたテンションが出ていて、派手な男子がそういうことをしていると鼻につくだろうけど、大人しげな人が一生懸命そういうことをしているのは何だかおかしかったのだ。

おぼえているのは、のっぽがラーメン屋のバイトを始めた時の話である。

「家族連れの客が来てよー。子どもって、うっざいよな！　メニュー見ながら、『コーラとぉ、コーラとぉ、コーラとぉ』って言うから、俺『はいコーラ三つですね』って言ってやったよ！」

書いてみると、特に面白い話なわけでもない気がする。でも、薄口しょうゆ系で特徴のない顔をした彼が、ラーメン屋の白いエプロンをつけて、ごく事務的な口調で「はいコーラ三つですね」と言うところを想像すると、ものすごくツボに来たのだ。笑いをこらえた腹筋がひくひくした。

彼らはたいがい、向かいのシートに座っていた。でも一度、隣り合って座ったことがあった。多分十一月くらいで、冬服だった。

のっぽが私の隣にいた。あのボケを間近で聴けるぞ、と思った私はわくわくした。でもその日、彼らのお喋りは乗らなかった。どちらかが眠たがっていたりして、ローテンションで間が多い日ももともとあるのだった。

そして私の身に睡魔がふりかかってきた。

いかん、と思った。右ではいつも通りMちゃんが教科書を開いており、左ではいいかげん口を開かなくなったのっぽの先輩がボーっとしている。Mちゃんに寄りかかったらそろそろ愛想をつかされそうだし、かと言って先輩に寄りかかったらもっとよくない。そんなことをしたら先輩は明日から別の車両（と言っても二両編成なので隣しかないのだが）に移ってしまうかもしれない。そしたらもう、二人のライブが聴けない。私の通学の、唯一の楽しみが消えてしまうのだ。

……ああ、でも、睡魔が襲う。

ふー、と意識が遠のいていった。もう止められない。せめて身体《からだ》が傾かないように眠ろう、とは思った。

電車が大きくカーブする時、傾いていく自分をうっすらと感じた。重心が寄っている。最後の三十度くらいになると、びくっと目が覚めて、もとに戻ったりする。それを何度か繰り返した。

「豊島ちゃん（仮）」

Mちゃんの声で目が覚めた。降車駅のアナウンスが聞こえていた。顔を上げた私は、あ、今、左側から顔上げたかも、とちょっと思った。

ホームに降りてすぐ、Mちゃんが私に耳打ちした。

「隣の先輩に、すっごい寄りかかってたよ！」

やっぱり私はやってしまったのだった。すみません、という気持ちが一番に押し寄せる。何しろ、私である。ぜんっぜんかわいくない、どちらかというまでもなく容姿のよろしくない女子高生に寄りかかられたらどんな気分だろう。お年寄りだったら、もしかすると孫に甘えられている気分で嬉しいかもしれないが（いや、それだってかなり自分に都合のいい解釈だ）同じ年頃の男子にしてみれば、とんでもない迷惑じゃないか。私が逆の立場なら、寄りかかられて嬉しい男子高校生と、迷惑な男子高校生という区別が絶対にある。

先輩とは、駅を降りて別々に歩いても、またバスターミナルで一緒になった。そこからバスが逆方向に分かれていくのだった。

とにかく
ハンパなく
かたむく
寝てる時
半目らしい
おちるぞー
としまー
だから今
知らない人に
よりかかられても
押し返しません。
か—
…

ターミナルで、Mちゃんが私をつついた。

「あの先輩、こっち見てるよ」

うわあ、と思った。意識して私を見ている、とかではなくて、「あ、さっきの迷惑女子……」と思っているに違いなかった。

「謝ったほうがいいのかな。でも謝るのもおかしくない？」

先輩に頭を下げている自分の姿を想像してみた。わざわざ駆け寄っていって、先輩、寄りかかってしまってすみません、と言うのである。不自然だ。そういう不自然な状況下で、のっぽの先輩がどんなリアクションを返してくれるのか、ちょっと見てみたい気もした。けど、やめておいた。Mちゃんも「うん、やめれば」と言った。二人で話し合って、次の日から、同じ車両の別のシートに座ることに決めた。さすがにまた正面から顔を合わせるような状況になるのは気まずかったのである。

それからしばらく、私は例のライブを聴かなかった。

どれくらいの間、通学電車の席をずらしていたのかおぼえていない。数週間のことだったかもしれないし、三年生である先輩たちが二月の自由通学期間に入って電車に乗らなくなるまでそうしていたのかもしれない。

でも春が近くなった頃、私たちはもとのドアから電車に乗っていた。ある日、しばらく姿を見なかった先輩たちが、傍《そば》の席に座った。のっぽの先輩が、コロンの先輩に向かって話を始めた。就職試験を受けに東京に行った、という話だった。

「コーヒー一杯で五百円も取られてさあ！　びびったー。東京って何でも高いのな！」

東京かあ、そうかあ、と私は耳を澄ましていた。先輩はいなくなるのだった。

不思議とそれまで考えたことがなかったのだけれど、先輩たちのライブはもともと期間限定だったのだ。彼らは卒業して、どこかへ行ってしまう。私はあと二年間、先輩の面白い話がない電車に乗って、教科書に目を落としながら学校に通い続ける。

生活に、当たり前にあったはずのものが抜け落ちる。すかすか風の通る穴になる。そうだ、こういうのを淋しいと言うんだ。

私は教科書に目を落としたまま、先輩コンビの前途があかるいものであるように、心から祈った。あなたたちは面白かったです、と伝えたかった。のっぽの方には「あの時はすみませんでした」という念もつけくわえて。でもそれはしょせん「念」だから、伝わらなかったと思う。のっぽの先輩にとって、私は「寝ると傾くガリ勉」というだけのものであって、「自分のファン（あくまで「喋り」に関して）」だとは思いもしなかっただろう。

先輩たちはいなくなった。

代わりに面白い後輩が入ってくるわけでもなく、電車はただ、ありふれたお喋りで埋もれた。

そうして私も、「あと二年」を待たず電車通学をやめた。それはまた別の話……なんだけれど、あの先輩たちがもう一学年下だったら、私はもう少しだけ長く電車に乗っていたかもしれない。

石田先輩!!
改札口
…毎朝電車でみてましたっ
…みたいな。1回くらい目撃してみたい。

完敗家出マニュアル・旅立ち篇

桜が咲くと思い出すことがある。

と言うと、卒業式か入学式か、いずれにしろまたあまずっぱい思い出ですか？　という感じだけれど、雪国である私の故郷では、桜が咲くのは四月下旬からゴールデンウィークにかけての話。行事と桜は関係ない。関係あるとすればそれは運動会くらいのもんである（五月頭が運動会だった気がする）。

でも、どうしても忘れられない「ある瞬間」の背景に、桜がある。

春の真昼で、川沿いの通学路を十六歳の私は自転車で飛ばしている。学校から駅に向かって。前にも後ろにも誰もいない。平日の真昼なのだ。

左手の土手には菜の花がわんさか揺れて、そして私の頭上にトンネルとなって広がる桜は満開だった。桜の早い春だったと思う。両手をささげたくなるほど花びらに降られた。花びらのなかを走っていく私の顔には満面の笑み、そして私の財布には現金が十万円。

私の二十三年の人生に於いて、トップの過ちがコレである。一九九八年四月二十三日木曜日、秋田県内陸部の天気は晴れ。この日に私が取った行動は、その後の人生と私の周囲の人々に絶大なる暗い影を落としてしまったのだ。

といっても、十万円をどこかから盗んだわけではない。私が持っていた十万円は、小学一年から貯め込んだ郵便貯金を一部下ろしたもので、特にうしろめたいお金ではない。問題は、この十万円の使い道である。

この後、駅にたどりついた私はみどりの窓口で係員に言うのだ、「大阪まで」と。

話は少し前にさかのぼる。

二年生になって、クラスが理系文系にわかれて早々、私は五月病にやられていた。早い話が、新しいクラスに馴染めなかった。

人間が出会うと、そこには必ず「値踏み」というものが発動する。同性だろうと異性だろうと一緒。人は相手が自分より「高い」のか「低い」のか見極めようと（というか「分類してしまおうと」）するのである。

そんなことない、私はそういうのと関係ない、と否定したい人もいることだろうが、中学や高校で、この「値踏み」を前提にグループが形成されることまでは否定できないと思う。「高い」子は「高い」子で集まる。その様子を見つつ「中間層」が決まり、そこにもれた子＝ほぼ「低い」子がなんとなく集まる。そうして新学期は始まるのだ。

新しい教室に入った時、私は瞬時に「やばい」と思った。高校は一学年八クラスもあって、シャッフルされると知っている顔はほとんど残らなくなるわけだが、その「やばさ」は感覚でわかった。教室にいる、私とMちゃん（中学から一緒）以外十五人の女子の顔を見渡してすぐに。

――私が「一番下」だ！

どうしよう、と思った。私は、いくらなんでも「一番下」にみなされたことなんかなかった。いつも、新学期の立場はいいほうだとは言えなかったけど、そこをゴリ押しして、「高い」子たちを無理なギャグで笑わせたり、とにかくみんなの気をひいて、私はちゃんとクラスになじんできた、はずだった。

なのにどうしてだろう、その新しいクラスに於いて、私はもう、何をしようと無駄なポジションについていた。ギャグは痛々しくなるばかりだろうし、その辺の女子におはようと声をかけることさえ許されない雰囲気があった。

そう、まさに「底辺」、ほんとうにほんとうの「底辺」に私はいたのである。

暗い話になってきた。この辺はもう、「『蹴りたい背中』参照」ってことで片付けてしまいたい。他人の小説で片付けるなよって話だが。でもあれ読んだ時、「ハツは私!?」って思ったもんね（多分全国で五万人くらいの女子が思ったことだろうが）。未読の人、斜に構えてないでさっさと読んでください。すごいですから!! 底辺女子の心理が的確かつ絶妙なかたちであそこに！

という綿矢さんへの賛辞はそこそこにして。そんなふうにクラスのみんな、くまなく全員から「下」とみなされる位置にあって、自分を保ち続けるというのはすごく困難なことなわけです。

そんなの教室の中でだけの話じゃないか、と思う人もいるかもしれない。人間関係は教室の外にもあるだろうと。しかし私は、ただ教室の机と自分の家の机を往復するだけの日々を送っていたので（前項の冒頭部参照）、生活に「教室以外」なんてはさむ余地はなかった。

また、長い人生で見れば高校生活残り二年ぐらい、どうってことないじゃないかという意見もあるかもしれない（大人はこう言いたがる）。でも、二年間じっとうつむいて耐えれば、その先はキラキラした女子大生ライフが待っているなんて、そんな都合のいいことはとても考えられない。この頃の日記に、「私の未来」について書いてあるページがあるのだが、そこに書いてある未来予想図はこうである。

大学に入ってもクラスで浮いている↓大学出て就職↓職場になじめないまま見合い結婚をする（ぶさいくと）↓息子、私に似て学校になじめない↓いじめにあう↓私、学校に呼び出される

んなバカな！　ネガティブスイッチ入りすぎだろ！——という話ですが、十六の私はありありと思い描いたのです、臨時三者面談の帰り道、春風わたるアスファルトの上を、おんなじ角度に背を丸めて歩く私と息子の姿を。息子は少しあとからついてきて、そうしてぽつりと口を開くのです。

「おかあさん、どうして僕をうんだりしたの？」

あああ、ごめんねマサオ（仮名）、おかあさんがわるかった、わるかったよお。

……このように、卵子にさえなっていない息子のことまで気に病むような五月病だったのだ。クラスメイトのみなさんから軽んじられつつ教室に居続けることは、それほどダメージの大きいことなんである。

これで日々、心の平穏を保って暮らすためには、二つに一つしかない。

（1）あきらめる。私はしょせん「下」なんです、と認める。
（2）認めない。そんな判断を下してくるあっちこそが「下」なんだと自分に言い聞かせる。
ゆずるかゆずらないかの二択、さあどうする！


私はこの二択の、どっちも選べなかった。

いや、まず（2）に傾いたのは確かだろう。「悪口で結束かためて自分のポジションもかためちゃうよーなちゃっかりさんのアンタらなんかとは、頼まれたって仲間にならないワ」と思ってみる。

でもその直後、「いやでも教室で誰ひとりにもあいさつできず、じっとうつむいている私のみっともなさは確かなもので、そうだ私なんかブスだし、日々勉強しかしてないわけだし、何が楽しくて生きてんだか、みっともないだけじゃないですか」というほうに覆される思考。

二つの選択肢の間を高速シーソーのようにぎっこんばっこん。私が悪いんですか？　それとも「アンタら」が悪いんですか？


で、私が出した結論はこれである。

「本当の私はコレじゃないわ‼」

わあ青春のドツボ。今からすれば、お姉さんこんなこと書いたらほっぺたの上のほうがかゆくなっちゃうわ、という感じです。けどその時は精一杯です。教室の空気のどん底で自分を生かすために。

みんなが「低い」ものに見てるこの私は本来のものじゃなくて、そう、私もっと違う子のはず！　ちゃんと休み時間には女子の輪のまんなかで笑ってて、男子とも気軽に話せるはずなんだもん！（その四月中、私はいっぺんも男子と口をきいていなかった。）

——ここにいる私は私じゃないので、どこか別の場所に行ってもとの私にもどらねばならない！

そうです。「居場所探し」もしくは「自分探し」です。魔の。探すのが「居場所」でも「自分」でもどっちでもいいんです、要するに現状否定なんだから。

そして私は教室からいなくなったのでした。

と言ったって思いつきじゃなく、この準備だって結構なもんだったんです。荷物はちょっとずつ持ってきて、駅のコインロッカーに入れておく。ホテルに泊まるための偽名と偽住所を用意しておく（郵便番号と電話の市外局番と住所がちゃんと一致するように注意。もちろんさらさら書けるように練習）。全国版の時刻表を買って、新幹線の時間を調べておく。病

予備校の先生が、定理や公式を
述べるごとく
ズバリ
と
「本当の私」なんて
いません。
と言うのを聞いて目がさめた
ときは もう18歳でした
ハッ

院に行くと言って早退しても不自然でないように、二、三日前から変な咳をしておく。そして何より、マイ・新天地の検討。

何故大阪？　「遠すぎ！」って話だよね。だって家出で東京ってベタじゃない！　十六歳・フロム東北・夢見て東京？　そんなの恥ずかしいわ！……という恥じらいと、あともうひとつ、当時の私には「西へのあこがれ」があったのだ。特に大阪に対して。

——だって大阪の人って、日常が漫才なんでしょ？　全ての人がボケとツッコミに分類されてるんでしょ？　「やめさしてもらうわ！」でしょ？　日々楽しくってしょうがないじゃない、そんなの。

申し訳ありません。偏見です。偏見ですが、八割本気でした。大阪に行けば、こんな「つまらない私」でなくて、ツッコミの冴えた「面白い私」になれるかもしれない……！　みたいな。その「つまらない」と「面白い」の対立軸は何かズレてる気がするのだが、ともかく。

そういう経緯での、「大阪まで」だった。

学校を二時間目で早退して（そうすれば夜の八時には大阪に着けるから）、制服のまま足あとを消す。誰にも言わない。一年間、ずっと一緒に通学していたMちゃんにも、におわせるようなことは絶対に言わない。

16歳当時の
なりたい自分
誰にでも
ツッコめる
気さくなアネゴ
なんでやねん!!
みんなから
ひそかに
頼りにされてる、
みたいな!
ムりとか
ゆーな

あの桜並木の下で私は、かかえきれない開放感に酔った。ポートレートを燃やすかのごとく簡単に、他人の目に映る自分を消せるのだと思って。進学校の生徒だとか、真面目な良い娘さんだとか、クラスメイトにおはようも言えない暗い子・弱い子だとか。気に食わない「私」は全部消えるのだ、きれいさっぱりいなくなるのだ。

桜がふくれるようにぶわぶわと咲くのを見ると、この瞬間の気持ちがちょっと胸のあたりをかすめる。どこへでも行けるし、どういう自分にでもなれると思った。「他人の目に映る自分」を捨てるということはつまり、「今まで関わった人のすべてを捨てる」ということでもあったのだけれど、残酷なくらい迷いはなかった。ただ爽快だった。

この青春過ち劇場はオチないまま次回へ続きます。「大阪篇」です。

これを読んで「よーし！」と思っている十六歳で五月病のあなた、次を読んでから考えてください……。「大阪篇」＝「家出の現実篇」ですから。

完敗家出マニュアル・大阪篇

そうして夜の八時、私は本当に大阪駅に立っていた。周りの人々はみんな関西弁、正真正銘の大阪である。

やったぜ、あたい、やっちゃったぜ！

広大な大阪駅の通路で、雑踏にまぎれた自分は、すでに「教室のすみっこでちっちゃくなってる暗い女子」ではないような気がする。通り過ぎるすべての人が、私を知らない。新幹線のトイレで制服から私服に着替えたので、匿名性は完璧だ。今や私は、どこにでもいる十六歳の一人で、これからどういう人にでもなれるまっさらな女の子なのだと確信した。

これでもう、好きなように振る舞える、肩をちっちゃくしなくてすむんだ！

と思った私が最初に取った行動は、「本屋に行く」だった。せっかく関西に来たんだもん、ということで、文庫の棚から中島らもの『僕に踏まれた町と僕が踏まれた町』を選んで買った。それから駅の中を歩き始めた。

新大阪で新幹線を降りて、どこへ行ったらよいのかわからず、とりあえず環状線に乗って「大阪」という駅まで来てみたのだが、この大阪駅、とにかくだだっぴろくて、しかも待合室がないんである。

いや、私が見つけられなかっただけかもしれないが。でも東京で考えると、渋谷駅や新宿駅に待合室は存在しない。「待合」という観念自体が、田舎特有のものなのではなかろうか。だって都会は待ち合わなくてもすぐに電車が来るんだもの。……という疑いを抱《いだ》き始めた時、私は既に駅の南北を往復して疲れ果てていた。

いやもう、まったく無計画だったんである。あと三年、いや、あと二年遅かったら、インターネットで事前にホテルを調べて予約をすることもできたと思うんだが、ぎりぎりそういう時代ではなかった。駅前でホテルを探して飛び込めばいいや、なかったらどっかで夜明かしすればいいし、くらいにしか考えていなかった。その前にちょっと腰を下ろして今後の作戦を立てたかったのだけれど、その「腰を下ろす場所」がないんだから、ほとほとまいってしまったのである。

もういいや、とにかく外に出てみよう。——そう考え直して、一番大きな出口から外に出た。外は雨で、四月にしては蒸した夜だった。

さて泊まれそうな建物はないかしら、と、ホテルの看板を探してキョロキョロしてみる。

しかし、目の前には大きな道路が一本あって、その両側をオフィスビルの窓明かりが埋めているばかり。看板らしい看板は見つからない（私が両目〇・三の裸眼を放置していたのが悪かったのかもしれない）。ちょっと困った。

でもまあ、どうにかなるでしょう。だってここ大阪だもん、都会だもん。若い女の子、夜遊びしちゃうんだもん。泊まらなくたって平気さ！

これがそもそもの間違いだったのである。

また東京で考えてみればわかることだけれども、「渋谷」や「新宿」で夜明かしすることは可能だろうが、「東京」――つまり丸の内周辺で一晩過ごすなんて無理な話なのだ。銀行と商社のビルしかない街なんですからね。同じように「大阪」もオフィス街だったわけです。「ミナミ」とか「道頓堀」とか、そんな地名は東京以西を知らない私の辞書にはありません（土地勘がないって恐ろしい）。

であるからして大阪に着いてから二時間後、私は相変わらず大阪駅の隅にいた。隅にある小さな広場の、至極座りづらい円形のベンチに腰掛けて、時刻表を繰り繰り、今日たどってきた道のりを計算していた。

「千二百キロ……！」

と、合計値を出して（しかもノートに筆算して出した）はしゃいでいる私は、相変わらずしっかりと根暗ちゃんだったのだが、自分ではそんなことに気づかない。まだ、日常生活から逃げおおせたことへの達成感に酔っているのだ。「千二百キロ！　すげえ！」と、B6のノートにメモる。

そんなことに労力を割いている間に時間は流れ、時計の針はとうとう十一時にせまった。人通りが絶えなかった目の前の大きな通路にも、ところどころ人波の「間」が空くようになってきた。声や足音の聞こえない時間が数分間続き、電車から降りたらしき人の群れが通り過ぎると、またすぐに静まり返る。ぴかぴかの長い通路で、その「間」はあまりにも大きかった。大きな、容積のあるもののように思われた。

ひょっとしてこれは、まずいんでないかい？

この時まで私は、「都会の駅は二十四時間営業」と信じ込んでいたのである。日本の大都市は眠らない、特に駅などという主要施設は絶対眠ったりしないのだと。

眠る気まんまんやんけ、と念願のツッコミはできたものの、どうしたらいいのかわからなかった。雨の中、外に飛び出していける気はしなかったし、かといって土地勘のない街を電車でぐるぐるしたって解決にはならないだろうし。夜遊び以前の問題だ。

B6のノート…？
なぜそんなものを持っているかって、アナタ。
人生は全てネタです。
今日この日のために
ぜんぶ記ロクしていた
わけです!!
こんなかんじ
松本市
○月△日(○)
←地理をメモしたり
スケッチを入れたり、
マメ。
いや
どっか行っちゃっ
たけど、このノート…。
柱
@大阪駅

ようやく不安になり始めた私は、ずいぶんと喉が渇いているのに気付いた。自販機のコーナーに行って、紙カップのアクエリアスを買う。

と、そこへ、人の近づいてくる気配がした。何気なく振り返った私は、ぎゃっと叫び声を上げそうになった。

私の背後に迫っていたのは、英語のT先生……によく似た、スーツ姿の、あまり若くない男の人だった。ちなみにT先生は、お見合いが何度か破談になっているという噂のある、三十歳の独身男性である。「いい人なんだけどねえ〜」と女子生徒に言われている、寒いダジャレ好きな先生だった。その先生モドキは、私の顔を見て言った。

「誰待ってんの？」

落ち着いて見てみれば、男は先生よりいくらか軽薄さのにじみ出た目元をしていて、別人だとわかった。十六年の人生で初のナンパである。私はちょっといい気になって、「彼氏。」などと答えてみた。ほうらほうら、ここじゃ私、男子と口きけない女子なんかじゃないもん、こうやってちゃんと声かけられる程度にはひどくないんだもーん。

すると男は、もう一つ私に質問をした。

「彼氏何歳？」

そんなことを訊《き》いてなんになるのだろう、と思いつつ、私は自分の年と同じ「十六」を答えにした。「で、君は？」と畳み掛けられる。私が「十六。」と答えると、男は眉を歪めてのけぞった。そうしてどこかニヤニヤしながら、こうぬかしたのである。

「ええ、見えないなあ」

私が老けて見えるっつーのか！　それがナンパしようという態度か！　お世辞でも「かわいい」の一言くらい言え！

一瞬で気分を害された私は、紙カップのアクエリアスをぐっと飲み干してその場を離れた。そうしてトイレに向かった。ミニスカートなんかはいてるから、ああいうむかつくのが寄ってくるんだワ。——そう思って、持ってきたハーフパンツに着替えることにしたのである。着替えたスカートは、制服やら何やら、でっかい荷物と一緒にコインロッカーに放り込んだ。ハーフパンツ姿になった私は、駅と通路でつながったデパートのトイレに入って、さっき買った文庫本をひっぱりだした（デパートは閉店していたけれど、そのトイレは店の外側についていたのである）。現実逃避である。そもそもが現実逃避であるこの家出のなかで、さらに逃避をするとはこれ如何《いか》にって感じだが。

無人のトイレで洋式便器に腰掛け、中島らもを読みふける。まんまと逃避に成功し、時間を忘れたのもつかの間、ドア越しに放送の「ぴんぽんぱんぽん」が割り込んできた。

「零時半をもちまして、大阪駅口の通路を閉鎖いたします」

……あら？　今って、零時……二十分？

どこかで金属のきしむ音がする。トイレから顔を出すと、駅の中心部へ向かう通路に、派手な音を立てながらシャッターが降り始めていた。つまりここは駅の「外」で、夜中には駅への道を断たれてしまうのだった。このままトイレに残る、ということも考えたけれども、一応デパートのトイレなんだから警備員がまわってくることは確実だし、何より電気が消えたトイレに一人でいることを想像するとたまらなかった。

私は後のことを考えず、シャッターをくぐって走り出した。南北に走る通路（たぶん）の先にも後にも、地面にせまりつつあるシャッターがあって、気分はまるっきり「連続ドッスンに挑むマリオ」（ファミコンネタですみません）。壁によりかかるホームレスのおじさんたちを尻目に走り、最後のシャッターを背を丸めてくぐると、がらんどうの改札がすぐ横にあった。目の前には小さな噴水広場。ライトアップされた水しぶきがしゃらしゃらと散っている。そうして噴水の傍には、さっきの先生モドキがまだうろついていた。

「ねえ、誰待ってんの」

逃げる間もなく同じ台詞《せりふ》でつかまえられる私。

「さっき会ったじゃないですか！」

ニットの
ジップアップ
パーカ
色どり
悪!!
ミニスカ
←この時の服装
大人っぽい服では
全然なかった。
ので、年かさに見られた
のは若づくり
してるっぽかった
からでは、と今更分析。
まっきいろの
ななめがケ袋
ぬいだ制服は
家に送りつけ
ました…

スカートを半パンに替えただけで別人扱いとは無礼千万。夜中で変なテンションになりつつある私はさっそくキレた。先生モドキは、言われてようやく気づいたように「あ」と言った。

ちょっとひまつぶしに行かない、と言い出した男をかわし、私は駅の中の女子トイレに走り込んだ。デパートのトイレと違って臭いけれど、ここなら変な男につかまらないはず。間もなく流れた「大阪駅は一時×分をもちまして一旦閉鎖となります」というアナウンスを無視して、私はトイレの洗面台によりかかって鼻唄混じりにつめみがきなど始めていた。駅なんて公共機関だし、警備員なんかまわってこないかもしれない、そしたらここにいればいいと思ったのだ。

しかし数十分後、私はあっさり年配の駅員に見つけられ、駅長を呼ばれた。

「駅閉まるさかいな、出てもらわんとな」

ばりばりの関西弁で言い出した駅長に、私は「でも、今日泊まるところないんですう」ととりすがった。駅長は少し考えるような間を置いたあと、ふと顔を上げてつぶやいた。

「……もしかして、家出とちゃうやろなあ？」

さすが「長」と名がつくだけあるぞ駅長。ひやりとしながらも、私はかぶりを振って「まさかそんな、旅ですよただの旅」と言った。駅長はまた少し考え込んだけれども、最後にはあっさりと許してくれた。

「じゃあ、その辺に座っとれ。外はこわいおっちゃんがいるさかいなあ」

というわけで、私は閉ざされた駅の中に一人になった。さっきの広場に出てみても、もう誰もいない。噴水も止まっていて、でもライトはそのままだった。オレンジ色の光が、静まり返った水面に落ちている。私は噴水のへりに腰を下ろして一息ついた。やっと落ち着いた気がした。

頭は冴えて、ちっとも眠くなかった。怖くもなかった。ただ、こうして落ち着いて考えてみると、自分の無謀さだけはじわじわとわかってきた。だいたい、腰を下ろす場所ひとつ見つけるにもこんなに苦労して、この街で生きていくことができるんだろうか。繁華街をぶらついてる間にキャバクラにでもスカウトされて、なんとかなっちゃったりしちゃったりして、とか考えていたことが馬鹿らしい（繁華街にたどりつくことさえできていないのだし）。それに、お金があれば家を借りて生活できると思っていたけれど、保証人も住民票もなしにそんなことができるもんか。いや、そういう人に貸すアパートもあるかもしれないが、そこに住んだら、ご近所さんが全員「そういう人」になるわけで、彼らと平穏にやっていけるかと言われればそれはちょっと……。

今になって浮かんでくる現実的な問題の数々。何が偽名だよ、新しい人生だよ、無理だっちゅーの。偽造免許証とか手に入れる技なんか知らんっちゅーの。知らない男に処女奪われる覚悟でついてく度胸なんかないっちゅーの。

私は早々に大阪生活をあきらめる気になった。ここで、新しく生まれ変わったように生活していくなんてとうてい無理だ。

途方に暮れたところに、どこからか人の声が聞こえてきた。ひそめた感じでもない、堂々と笑う声である。もうこの駅に人はいないはず、と驚いて辺りを見回すと、遠くにお掃除おばちゃんの集団が見えた。駅は閉鎖してる間に掃除されるのだ、という当たり前のことに気が付く。

それにしてもおばちゃんたちは元気だった。真夜中だというのに、声をかけあってからと笑いながら床をみがいたりしていた。

ああ、私もあんなふうに笑いながら暮らしたいだけなのに。

戻りたくはない、と切実に思った。あんな底辺の生活、これ以上続けられない。あきらめて秋田に帰るにしたって、あの生活、何の楽しみもなく教室の机と家の机の間をくるくるまわる生活から抜け出すことだけは、絶対にやってのけなければならない。

私は、帰って学校を辞めることを決めた。辞めると言い出したときウンと言ってもらえるように、この旅は長い長いものにして、周りの人——家族や先生たち——を思いっきり心配させてやろうと決めたのだ。

膝を抱えておばちゃんたちを見ていたら、その中からおじさんと若い兄ちゃんの二人組がモップをすべらしながらこちらに近づいてきた。兄ちゃんが私の前に来て言った。

「姉ちゃん、暇やろ？　マンガいらん？　マンガ」

いきなりそう言われてとまどっている私に、兄ちゃんはどこからか「週刊マガジン」やら「月刊ジャンプ」やらを持ってきてくれた。多分、掃除の間の「拾い物」だろう。「ごめんなあ、少女マンガがなかったわ」と兄ちゃんは言ったけれど、私はありがたくそれをいただいて読んだ。

真夜中は短かった。駅のシャッターがふたたび開いた時、私は雨が上がっていることに気付いた。四月二十四日、大阪の天気は晴れ。

完敗家出マニュアル・金銭問題篇

家出話も早三回目ですね。困ったな。

いや、これ、家出直後に書いた作文をもとにして書いてるんですが、それが八十枚を超す大作なんです。誰も書けと言ってないのに、書いて学年主任に提出しました（ああ自己顕示欲）。しかもその作文のタイトルが「落ちこぼれっこのこころ。」だ。書いているだけで顔から火が出るけれども、「こころ。」とマルを打ってしまったのは当時が一九九八年で、モーニング娘。がデビューしたばっかかし、且《か》つ、さんにーろくと書くミツルが流行っていた頃でもあったから、ということでかんべんしてください。

話がずれましたが、八十枚分の話をここに書くと、この連載が「底辺女子高生」じゃなくて「家出失敗女子高生」になってしまうので困ってるんです。

というわけで、ものすっごいはしょって、自分が行った街と見たものを箇条書きにしてみる。

・和歌山県和歌山市（県立近代美術館）
・長野県松本市（松本城）
・新潟県長岡市（なんかでっかい公園）
・新潟県新潟市（海）
・山形県鶴岡市（ジャスコのゲーセン）

賢明な読者諸氏はお気付きだろう。自由の身になったところで、まわったところがこれ、ということに人生の限界が見えるということに。

私のいっぱいいっぱいは「和歌山県立近代美術館」なのだった。しかも美術館と博物館の入り口を間違えて、最初に博物館の受付に入ってしまい、後にひく勇気がないせいでチケットを買って和歌山県の歴史を学んでしまった。

そして最後が「鶴岡ジャスコのゲーセン」。我ながらどうかと思うのだが、ここでは見知らぬお兄さんがトイレットペーパーロールくらいの容積のカップに山盛りのメダルを「俺もうメダルゲームしないから」の一言でわけてくれて（しかもそのお兄さんは私にメダルを押しつけたあと走り去りました、「となりのトトロ」でサツキに傘を押しつけて去ったカンタのように！）、私はそのメダルをさらに見知らぬおばあちゃんと半分こして気が済むまで遊んだという結構いい思い出があったりする。

最初の大阪と、つかまえられてしまった秋田市を含め、七都市・十三日間という旅程だった。

こう書くと一番不思議に思われそうなのが、どうやって生きていたのか——要するに、どこに泊まって、どうやって移動していたのかということだけれども、それはもう全て「金まかせ」である。小学一年から貯めた郵便貯金はそれなりの額になっていて、毎日ビジネスホテルに泊まったって新幹線や特急を駆使して移動したって大丈夫だったのだ。野宿やヒッチハイクとは無縁の旅である。この辺がもう邪道で、「自分探し」脱落感がむんむん漂う。その貯金も別にバイトして貯めたお金でもなんでもない、単にお年玉貯金だし。

つまりはヌル旅だったのだが、しかし、こんな旅にも微妙にピンチなるものがあったのだ。

それは主に、「ゆうちょカードを持っていなかった」ことに起因する問題である。

……あまりに低能なお話すぎて通じていないと思うので、言い直しますが、十六の私は「貯金をカードでおろす」ということを知らなかったんです（ああ、読む人がヒいてるのがわかる……）。

「名古屋」と
「東京」が
入ってない所に
チキンっぷりが
見られます!!
和歌山から松本まで
一日で行けるか
けいさん中
名古屋ー大阪を
新幹線にしたん
だったような…
全国時刻表(持参)
@ホテル

でも恥を忍んでもう一つ告白しますと、登録された印鑑でない印鑑を持ち歩いて旅していました。つまり、「自分の苗字のハンコなら何でも貯金をおろせると思ってた」ってことだよ！　はいバカです！

というわけで、私はこの旅の前半、郵便局で違う印鑑を押して貯金をおろしていました（そんな私より問題なのは、印鑑の相違に気付かなかった郵便局側だと思うんだけど）。

最初のピンチは、和歌山を発《た》つ日に襲った。

前日に松本に行くことを決め、ガイドを見つつホテルの予約を済ませた私は、その日、切符を買った後、駅前で買い物をしようとしていた。財布の中を見ると、万札が二枚。最初の十万円から、すでに八万円減っていたということである。

そろそろお金おろさないとな、と思って郵便局に足を向けた私は、ある事実に気付いた。

——今日、日曜日じゃね？

買い物客でにぎわう和歌山駅前。駅ビルの入り口で緑の羽根募金を呼びかける中学生がいる、まぎれもない休日であった。郵便局は休みである。カードがないから、窓口が開いていないことにはお金をおろせない。

切符があるんだからあと二万あれば十分じゃないか、と思われそうだが、今日これから払う宿泊費というものがある。ホテルはふつう後払いだが、飛び込みの客には前払いを要求したりもするのだ（貯金の仕組みをしらない世間しらずのくせに、そういうことはわかってきていた）。

前日予約した松本のホテルは、ぜいたくをしたので一泊一万ちょい。それを私は「二泊お願いします」と言っていて、だからつまり、小銭を数えてみないと今日のお金を払えるかどうかわからなかったわけだ。

私は駅前のバス停のなかから、空いているベンチを選んで腰をおろし、金勘定を始めた。電話口で言われた宿泊料と自分の持ち金は百円差くらいで、ぎりぎり払えそうだった。けれどもホテルというのはサービス料とかなんとかで余計にお金がかかったりするもんである。百円あまるからセーフ、なんてとても言い切れない。

心臓がばくばくいい出した。もしホテルまで行って、払えない額を要求されたらどうすればいいんだろう。今さら一泊分キャンセルしたって、こんなドタキャンじゃ払う額はほとんど同じだし。「明日なら払えますから」なんて言ったら身元を怪しまれて、うそプロフィールの電話番号に一報入れられるに決まってる！

……と晴れた日曜日のバス停で冷や汗をかき始めた私に、「すいません」と声をかける人がいた。顔を上げたら、おじいちゃんがひとり立っていた。

「バスの乗り方がわからないんですが、教えてもらえませんか」

いや私、絶対あなたよりここに慣れてませんから。と言いたいところだが、昨日県立近代美術館に行った時にバスを使っていた私は、後乗り後払いだとかなんだとか（よくおぼえていないので逆かもしれないが）そういうことをおじいちゃんに説明した。おじいちゃんは丁寧にお礼を言ってくれてから、私の横に腰をおろした。

「どこに行くんですか？」

と、これまた丁寧な口調で話しかけられる。私は、和歌山バスの停留所にいるくせに「松本です」と正直に答えた。大阪を出てから二日、ホテルの受付係さん以外と口をきいていなかったので、秋田から来たんだとか余計なことまで喜々として喋った。おじいちゃんは本当に人がいいらしく、それにいちいち相づちを打って、秋田はお米がおいしいところだねえ、とか言ってくれた。そこで私は思いついてしまった。

——このおじいちゃんなら、お金……。

いや、もらい逃げするつもりはなかった。住所を聞いておいて、あとで現金書留ででも返せばいいじゃないかと思った。でも、テレビでばんばん女子高生の援助交際が報じられる世の中で、いきなりお金を貸してくれなんて、小娘に言われて信じる人がいるもんだろうか。

迷った。でも、背に腹はかえられない。宿泊料の保険は絶対に欲しい。だから私は思い切って口にした。

「あのう、お金が足りなくて困ってるんです。二千円、貸してくれませんか」

そう言ったとたん、やさしげだったおじいちゃんの顔はみるみるくもってしまった。「裏切られた」という感じが顔に出ていた。必ず返しますから、と付け加えたけれど、おじいちゃんの顔はもとにもどらなかった。

言うんじゃなかった。自分の顔がぱーっと赤くなるのがわかった。

おじいちゃんはだまって首を横に振って、ちょうど来たバスに乗り込んで行ってしまった。私はひとりでバス停に残された。募金お願いしまーす、と叫んでいる自分より少し年下の子たちの声が聞こえていた。

結局、松本のホテルに着いたら料金が後払いだったので何も問題はなかったのだけれど、あんな人のよさそうなおじいちゃんに余計なことを言ってしまったというのが、いつまでも気にかかった。

これに次ぐピンチは、新潟で「印鑑が登録されているものと違う」と指摘されたことである（新潟でようやく！）。

小学校の入学祝いに作ったその通帳の、一番最初のページに押されていたのは父の印鑑だった。で、私が家を出る時に持ってきたのは、中学の卒業記念に学校で作ってもらった印鑑である。同じであるはずがない。

窓口のお姉さんに「印鑑違うんですけど」と言われた私は、瞬時に「本来あるべき貯金の仕組み」を理解し、とんでもなくあせった。

――ここでお金おろせなかったら、日本海沿岸野垂れ死にの旅！（「労働」の二字はとっくに頭から消えています。）

「し、しりません！　この通帳、ちっちゃい頃つくったやつなんですうう」

私は半泣きでお姉さんにすがった。嘘じゃないだけに、ある程度泣き落としに説得力があったのか、お姉さんはちょっと迷ったあとで、「じゃ、その印鑑で登録し直しときます」と言った。

激甘である。今思うと、ばれたらクビもんじゃないか！　という気がする。が、ともかくここで印鑑は手持ちのものに登録し直された。貯金をおろすことに成功したばかりでなく、今後「印鑑が違う」と言われる心配もなくなってしまったわけである。

十六歳で自分の人生に疑問を感じ一人旅をしました、なんて言ったら、（かっこいいかどうかはともかくとして）ものすごく考えたのだなあ、という感じがするかもしれないけれど、

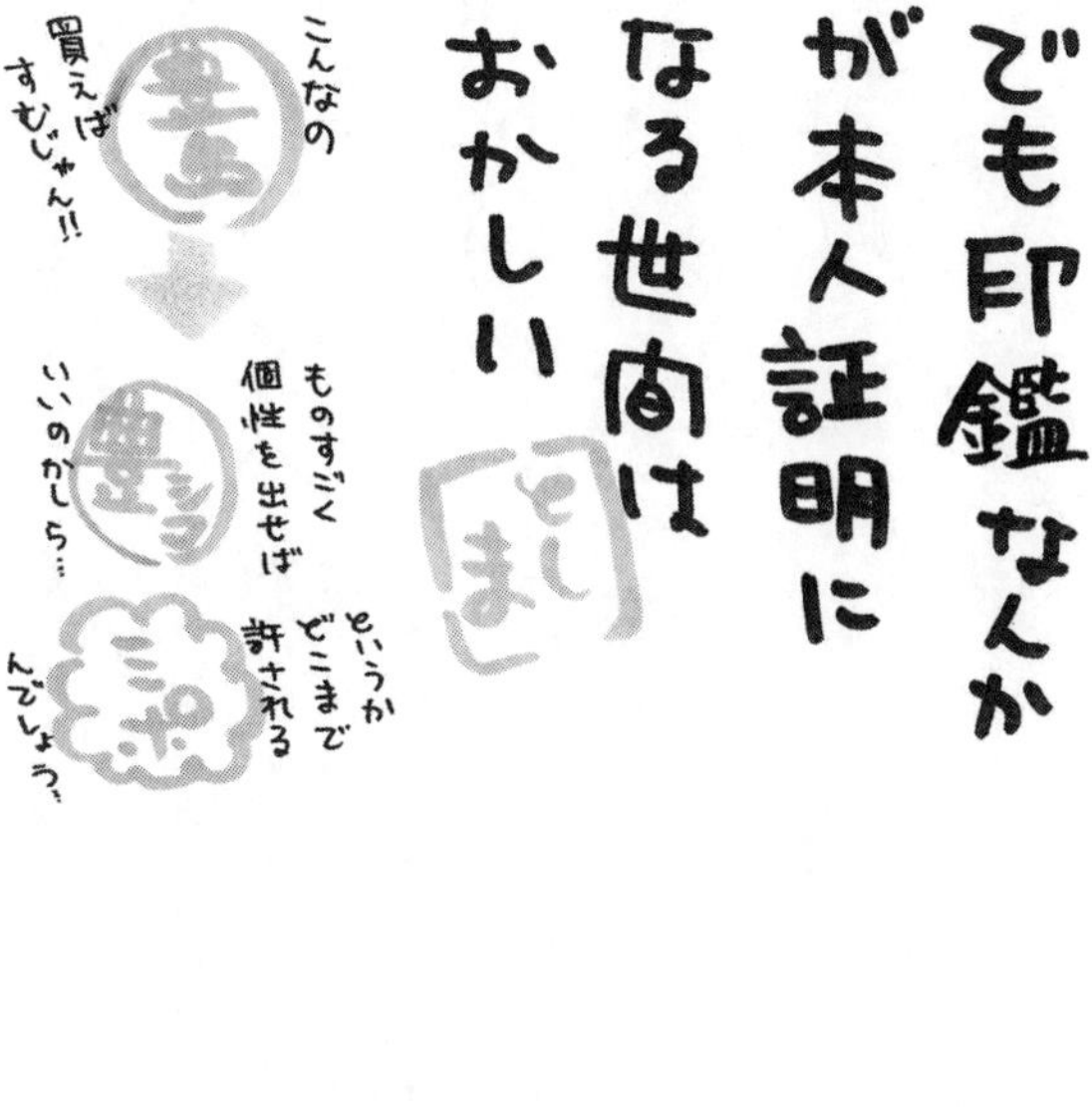
でも印鑑なんか
が本人証明に
なる世間は
おかしい
こんなの
買えば
すむじゃん!!
ものすごく
個性を出せば
いいのかしら…
というか
どこまで
許される
んでしょう…

実情は、このような超低レベル金銭問題が生じるような旅である。パーだパー。『海辺のカフカ』と比べたらびっくりだ。

そんな私が無事に帰ってきて、ここでこうして原稿を書いているのは奇跡としか言いようがないんじゃないかしら、と思うことがあります。家出していた十六歳の女子高生が、売春組織に入れられて数年間タダ働きさせられたあげく殺されたとかいうニュースもあるのだし。前項の大阪駅の駅長さんや掃除の兄ちゃんはじめ、本当に、いい人にしか出会わなかったラッキーだけで生還したのではないでしょうか。

まあ「生還」なんて書けるのは今でこその話で、当時は「なんでここで戻らなくちゃいけないの！」と思ったわけですが。

次回、家出話のラスト「捕獲篇」です。

完敗家出マニュアル・捕獲篇

　というわけで、私は結構長い旅をしていたわけですが、この間、家出「された」ほうはどうしていたのかというと……もちろん大騒ぎです。いきなり娘にいなくなられて、家はしっちゃかめっちゃかです。しかも私、ちゃっかり家に書き置きを残していました。

「こんな生活もういやなので、とうぶん帰りません。ていうか帰らないかも？」

　みたいな。あくまで「みたいな」だけど（もうちょっと真面目に、便せん三枚くらいにわたって書いたはず。この手紙は親の手によって家のどこかに封印されているので、私は一度も読み返したことがありません）。なんと残酷な。

　しかし残酷ながらも高校生、私はひとつだけ連絡ルートを残してしまっていた。中学時代の仲良しで、別の高校に通っているXちゃんである。

　Xちゃんは、田舎の高校生にしては珍しくポケベルを持っていた。……そう、ぎりぎりポケベル時代だったんです、一九九八年は！　今の携帯メールとは違い、ポケベルは受信ができるだけ。私はこの一方通行性を生かして、Xちゃんに半角カナ二十字程度の家出現状報告を送りつけていた(続・ああ自己顕示欲)。

「ｲﾏﾏﾂﾓﾄ ﾝﾄｶﾞ ｲｯﾊﾟｲ。ｲ ﾐﾎ」

今松本、鳩がいっぱい。ミホ(より)。

だから何だ！　という感じだが、このXちゃんへのメッセージは、きちんと私の家に、そして高校に伝わっていた。Xちゃんは、「なんかよくわかんないけど家出したらしい友」よりも「娘に家出されてしまった失意の親」の肩を持ち、情報をリークしていたのである。というわけで、ﾝﾄｶﾞ ｲｯﾊﾟｲ。ｲも家族と先生たちに伝わり、「鳩がいっぱいってどこだ」と騒がれたらしい。

そろそろおわかりだろうと思うが、このポケベルメッセージが、家出娘無事捕獲の決め手となったわけである。

五月五日、山形県鶴岡市から秋田市に移動した私は、いつも通りXちゃんにメッセージを打ってしまった。

「ｱｷﾀﾏﾃﾞ ｷﾀﾖ」

秋田県民に「アキタ」と言えば、それは「秋田市」なのだが、この秋田市、私の町からは

「いなくなる私」
へのトウスイ感
で書いた
書き置き…
しかも授業中
きょうかしょ

まだまだ遠い。具体的に言うと、鈍行列車で二時間近い距離である。しかも私は、ここからさらに東北を一周するつもりでいた。「高校中退」のためにもう十日は欲しい、と思っていたのだ。

いつも通り、前日に二泊分予約したホテルに荷物を置き、駅前のコンビニで食料をあさって、ホテルに持ち帰った。コンビニ飯だろうと、市内で一番高いホテルに泊まり、私はちょっと上機嫌。だったのだが。

ふいに部屋の電話が鳴った。あちこちのホテルを泊まり歩いたけれども、電話が鳴るのは初めてだった。

直感的に、しまった、と思った。多分、自分は何かしくじってしまったのだと。

受話器を取ると、フロントの人が言った。

「ロビーに豊島さま（仮）がおいでですが」

仕組みはこうである。

Xちゃん、例によってリークする↓親、秋田市内のホテルにかたっぱしから電話をかけて「豊島（仮）」を探す↓私、もうめんどくさくて偽名使ってない（これがまたパーだ）↓ホテルがばれる↓親、ちょうど休日なので車飛ばして迎えにくる↓フロントから電話で呼び出さ

Xちゃんはデビュー成功組
チェックのスカートいいなー…
私は失敗組
同じ高校なら見捨てられていたのでは…

れる

というわけで、私は道半ばにして捕まってしまった。迎えにきた家族が私に何と言ったのかとか、このくだりを詳しく書くと「泣けるエッセイ」になってしまうので書きません。ともかく私はゴールデンウィーク終了とともに家出娘ではなくなったのだった。

車に乗せられた私は、ウチに戻る前にXちゃんの家とMちゃんの家に顔を出すことになった。当然、「お騒がせしてすみませんでした」と頭を下げるためだった。リーク役になったXちゃんだけでなく、同じクラスで唯一の友だちであるMちゃんも、私の家出に巻き込まれたひとりだった。だいたい一緒に通学していたのだから、一番に事情を訊かれるのは彼女である。

Mちゃんは私の顔を見て、ものすごくキョトンとしていた。ほとんど何も言わなかった。後ろで犬がほえていたのと、Mちゃんのお母さんが「自立心の強いお子さんでねえ、うらやましいくらいだわあ」と笑っていたことばかりおぼえている。

一方、中学の友人Xちゃんは、私に「ごめん」と言った。けれども、その後でこう言いきった。

「でも、親に心配かけたらだめだよ」

私はその後十日ばかり学校を休んだ。何をしていたんだかよくおぼえていない。もちろん、学校を辞めると親に言ったのは確かなのだが、「私はこんな学歴社会なんて嫌なのよ、学校なんて行かなくたっていいじゃない」というような青臭いことを（秋田弁で）言ったので、父親に「そういうことは東大に入ってから言え！」と一蹴されて終わった（東大に入るほどでもないくせに学歴社会だとかピーピー言うなということです）。平日も家でもたっとしている孫を見て、祖母は「お前を見てると『人生の敗北者』って感じがする」と連発した。私が居ない間、家族の混乱を見せつけられた妹は「マジ迷惑だったんだけど！」と怒って少し冷たくなった。母親がどうしていたかだけはおぼえていない。疲れ切って何も言えなかったのかもしれない。

日々は、人目をしのんでスーパーにおつかいにいったり、裏の畑に干してある洗濯物を取り込んだりするだけで過ぎた。どうということのない生活が、学校に戻る前から早くも始まっていた。十三日間と二十五万円を消費しながら、私は結局なんにも変えられなかったのだ。

そりゃあ、お金の稼ぎ方も家の探し方も預金のおろし方も知らないヘタレな自分が悪いんだけど、でも、悔しかった。もっともっと、私は何かできると思っていたのに。いや、過去形じゃない、家に連れ戻された後だって相変わらず思っていた。もっと、息つく暇もない青春の日々を送る権利が、自分にはあるはずなんだと。これじゃない、こんなじゃないと。

けれど、ある夕方に洗濯物を取り込みに畑に出て夕暮れを見たら、青春の日々なんて私には一生訪れない気がした。どうしてそう思ったのか今でもわからないけれど、片手にバスタオルか何か、干せた大きな布を持って、サンダル履きで土の上に立ち尽くして、私は逆デジャヴのような気分をおぼえたのだ。もう三十年くらい先の私が、やっぱりこうしてひとりで洗濯物を取り込んで夕陽を眺めて、そして今この時のことを思い出す。十六で、家出から帰ったばかりのこの時のことを「あんな時期もあったわね」って。

むやみに「もっともっと」と思ってばかりいたことを、遠いものだと思う時はいつか来る。

それは確信だった。

登校再開より前に、一度、呼び出されて学校に行った。持ち歩くのがうざったくて和歌山から送りつけた制服を、また着ることになった。個人面談だった。

がらんとした会議室で、担任の先生と向かい合って座った。その、四十くらいの数学の先生は、ものすごく居心地悪そうにして喋った。どこに行ってきたのかとか、「ントガイツン。イ」は松本のどこだとか、なんだかどうでもいいようなことをいくつか私に訊いた。それから言った。

「……豊島（仮）。『青い鳥』の話を知ってるか？　あれは、青い鳥が……結局は自分のそばにいたっていう、そういう話だろう」

「はあ」

「お前の青い鳥も、本当はこの学校の中にいるんじゃないのか」

クサッ、と思ったが、この先生が国語や倫理じゃなくて数学の先生だったことと、先生自身も私から目を逸《そ》らして「俺クサッ」という顔をしていた（ように見えた）こともあって、私は一応それを大人しく聞いた。

「部活でもやったらいいじゃないか。お前、美術が一番成績良かったそうだし、美術部とか」

はあ、と私はまた生返事をした。それで面談は終わりだった。

この家出は「遠距離通学の疲れによるノイローゼが原因」ということにされ、私は六月から学校の近くにある下宿に入れられることになった。

五月の半ば、私はひさしぶりにMちゃんと通学電車に乗った。Mちゃんは普通だった。

「ミホちん（仮）、家出の間なにしてたの？」

さっくり訊かれたので、私もさっくり答えた。

「あー……、おじいちゃんにバスの乗り方訊かれたりとか、おばあちゃんに電話のかけ方訊かれたりとか」

するとMちゃんは、「もっと若いお兄ちゃんと喋ったりとかしてないの？」と言った。

「してないね。お年寄りばっかだね」

そういえばそうだ、と思いつつ私が答えると、Mちゃんは「なーんだ」と言った。

「もっと面白いことしてるかと思ったのに！」

学校に行ったら、ちょうど日直がまわってきていた。自分が居なかった間の学級日誌を見てみると、欠席欄に「豊島（仮）」と名前のある日が続いて、そしてその名前は途中で消えていた。ゴールデンウィークが明けた辺りから、私の存在はおもくそシカトされていた。私は、休んでいる間に、ますます「底辺」としての立場を固めていたのである。

「青い鳥」なんか絶対居ねえ、と私は腹の中で担任に悪態をついた。

果たして「青い鳥」は居たのかどうか、それはこのエッセイに最後までお付き合いいただければわかることです。が、私が卒業まで「こんなんじゃない！」と思い続けたのも確かなこと。千二百キロ逃げたあげく捕まろうとも、そう簡単にいろんなことを割り切れるわけじゃないし、また、状況が好転するわけでもないんです。帰ってきてからも、私はクラスメイトのみなさんと口をきけず、掃除当番を押しつけられ、バス待ちの列には割り込まれ……ずっとずっと「底辺」だったんです。あ、思い出したら腹立ってきた。

でもな、長生きすればこうして苦労話を書いてお金をもらったりできるわけだよ、悩める少年少女のみなさん！　な？　だから生きろ！

……このままだと金八トーク入りそう。でも私、本当に今すぐ十六の自分に会いに行って、大丈夫だと言ってやりたいんです。卵子になってない息子の不幸さえ恐れた自分（34ページ参照）に、いくらなんでもそりゃねえよ、って突っ込んでやりたいんです。

「こんなの私じゃない！」と現状否定のドツボにはまってる十六くらいのみなさん、他のどっかにキラキラした青春の日々があるわけじゃないんです。その、みっともなくもがいてる日々こそが、振り返れば青春なんです。もちろん、「喉元すぎた」ことだから言えるんだけど。

学祭の絶望

「学祭」。

この響きに胸ときめかない同年代女子は少ないものと思われる。私たちの世代はほぼ全員と言っていいほど、『天使なんかじゃない』という学園恋愛マンガの金字塔を読んでいるからだ。言わずもがな、現在大ヒット中の『NANA』の作者・矢沢あい先生のブレイク作である。

『天ない』に於いて、学祭は要《かなめ》のエピソードになっている。主人公の翠《みどり》たちは、自由な気風のもとに設立された私立高校の第一期生、の生徒会役員。学祭だって自分たちの力で盛り上げちゃう。

これを高校入学以前に読んでしまったのが、私たちの不幸である。

「高校の学祭って……こんなに楽しくて、なおかつラブ・ハプニング満載なんだ……！」

『天ない』連載当時小学生だった私も、高校の学祭に思いを馳せた。もちろん高校以前、中

学祭ラブ・ハプニング…
その内容は主に「普段接点のない人間同士がふたりっきりになる」というもの。
いのこりバージョン
かいだしバージョン
コレほしい？
えっ
ん？
ハケ
み、みんな帰っちゃったね！
ペンキ
ペンキ
かんばん

学にも学祭はある。だが、私の中学の学祭は、町の産業祭との連続開催であり（学祭の次の週末に産業祭がある）、町内で唯一の中学であることもあって、「町民行事」の色が非常に濃い。

今「『産業祭』って何？」と思った都会もののあなた。「産業祭」とは、「〇〇さんちのおいしいお米」とか「〇〇さんちのきれいなりんご」とか、そういうものを展示するお祭りです。かなりはしょって言ってますが。

とにかく、中学の学祭と言ったら、お客のほとんどは生徒の家族か一般町民なんである。だから中身はほぼ学芸会だ。生徒が楽しむお祭りではなく、町民のみなさんに楽しんでいただくお祭りなのである。学年で一つだしものを企画し（これがだいたい男女別）、他に文化系の部活がステージ発表をするというくらいで、そんなに色気のある行事ではない。

これが高校に行ったらガラッと変わるんだ！　という思い込みを、私は『天ない』によって植えつけられてしまっていた。思いっきり楽しめる企画、準備のための居残り……。何かのはずみで、蛍光灯ともる夜の教室に、好きな人とふたりっきり！　とか。ああ、高校生って素敵！

これを読んでいる人はほぼ高校生以上だと思う。だからもうわかってらっしゃるでしょう、

「学祭」がそれほど美しい青春の一ページではないということを。

もちろん、クラス一丸となって盛り上がる学祭もあることにはあるだろう。私の妹が高校一年の時など、ひがみたくなるほどクラス全体の仲が良く、夜遅くまで「貼り絵」に取り組んでいた（ちなみに、妹は私と別の高校を出ている）。もちろん、クラス内でのラブ・ハプニングも有り。妹自身の話ではないが、友だちがこうこうこうで、と喋る妹の顔は喜々としてかがやいていた。しかも、そのクラスの貼り絵は、確か見事に一等を獲得したのである。が、こういう「学祭の思い出」がある人はおそらく少数派であろう。現実はいつだっておそろしくシビアなのである。

私は他校の学祭も一度だけ見にいったことがある。前項で登場した中学の友人・Xちゃんの高校の学祭だ。Xちゃんは「ほんとにつまんないよ、見るべきものなんかないよ」と念押ししてきたのだが、他の学校の学祭がどんなものか見てみたかったので、一年生の時にお邪魔させてもらった。行ってみると、他校生の客はほとんど見られず、なおかつ校舎の端にある一年生の教室にはまるっきり人の出入りがなかった（どこの高校でも一年生は「展示」だけで客入りが良くないのが普通だと思うが）。Xちゃんに連れられていなければ、中をのぞくこともできなかったに違いない。

教室に入ると、あきらかにクラスの人間とおぼしき生徒が、壁にそってしゃがんだり座ったりして、くさっていた。他校生どころか、他学年の人間さえいない。そして怖いことに、なんの展示をしているかまるでわからないのである。いや、多分入り口に書いてあったので、その時の私は展示のテーマを目にしたと思うのだが、今思い出そうとしても、テーマというやつが出てこない。教室の隅に、色画用紙を切ってつくった、ぺらーんとした何かがあり、黒板の上からも色彩のある何かがぶらさがっていたような気はするのだが、本当にそれが「何」だったのか思い出せない。ホラーだ。ある意味に於いてものすごくホラーだ。

この学祭については、他の記憶もほとんどない。ひさびさに会った中学の先輩が、ぎょっとするような美人に変貌《へんぼう》していたこと以外、印象に残っていることはまるでない。中学の知り合いがたくさん居たはずなのに、Xちゃん以外に誰に会ったのかも思い出せない。

しかし、そのような温度の低い学祭を見ても、私は驚かなかった。Xちゃんの学校よりも、私の学校の学祭のほうが半年ほど早く開かれていたからである。六月が学祭準備期間にあたるような日程だった。

高校に入学して二ヶ月、学祭の話が出るようになると、高校という場所にまだまだ希望を抱いていた私は、簡単にテンションを上げてしまった。一年の時のクラスは結構雰囲気が良かったし、なにより同じクラスに好きな男子がちゃんと居たのである（「一人称問題」参照）。

その男子・Kくんは、地味系でありながらクラス内の実行委員に選ばれ、私も晴れて実行委員補助につくことができた（ある程度家が遠い人は、補助までしかやってはいけない、と先生が決めたのである。何故なら、居残りするとすぐ帰る電車がなくなるから）。

　これで私もプチ・冴島《さえじま》翠！　ひゃっふー！

　と、自分的には盛り上がっていたのだが、周りのテンションが低い低い。何故「低い」学祭なのか、その元をただすとどこにたどり着くのかわからないが、ともかく学校全体が「低い」のである。他人に極力関わるまいとするクール＆ドライな校風のせいか、はたまた「どうせ客なんか来ない」というあきらめのせいか（近所の女子校と同じ日程のため、他校の客がほとんどそっちに流れるんだとか）。私には『天ない』翠ほどの実行力も企画力もなく、クラスの空気は低いまま、だしものは「缶つみ」、展示は「我が校の歴史」に決まった。

　もう一度言う。だしものは「缶つみ」だ。

　空き缶をいくつつめるかな〜、がらがらがらーん、わっ崩れちゃった、というあの「缶つみ」である。

「準備：空き缶を持ってくること」

　それだけだ。当日の教室には、山のような缶があって、それでおしまい。

「缶つみ」の準備は何もないので、私は「我が校の歴史」を担当することになった。こちらは、渡り廊下の壁にモゾウシを貼ってやるクラス別「研究発表」のようなものである。他の実行委員が何をしていたかはわからないが、クラスの女子で最も成績優秀のGさんと、これまた成績優秀な私の友人Mちゃんと、三人で「歴史」の担当だった。女三人で「我が校の歴史」。色気もヘッタクレもない。言わずもがな、この三人は品行方正である（GさんもMちゃんもすごく可愛いんだけど、と断っておきます）。

真面目女子三人チームのひとりである私は、準備期間の放課後、さっそく図書室に行った。すると閲覧席で、実行委員であるはずのKくんが、図書室の本に頭を置いてグースカ眠っていたのである。

なんという偶然、ラブ・ハプニング！

……などと思うわけがない。「こいつ、実行委員のくせにこんなところでサボっちゃって！」と普通に思った。Kくん、マイナス三十点。だいたい私は「実行委員補助」で働いているんである。こんなところで「実行委員本体」に寝られていると思うと腹が立つではないか。

腹が立ったので、私は資料を借りるとKくんを放置して教室に戻った（さすが真面目女子）。そしてGさんMちゃんと三人で資料の検討を始めた。

「ちょっと、応援団歌って、もとは生徒が授業中にフザけてつくった詞らしいよ！」

「生徒全員授業ボイコットだって、超かっこいー！」

「こっちは『鉄拳制裁』だってよ！　だははは！」

資料から現れる数々の「自校トリビア」に盛り上がる私たち。しかし当時「トリビア」という言葉はなく、それは「Y高校の歴史」という地味なタイトルのまま、まとめられた。

結局、貼り出されたのは白のモゾウシに黒のペンで字が書かれた「地味な女子がやったのが見え見え」な研究発表であった。他クラスの、「多分目立つ系の女子がやったであろう」色ペンをふんだんに使ったポップな研究発表……中身も「一年生にアンケート！」とかで比較的ポップなやつ……とは天と地の差があった。私たちの研究成果は、客の目はおろか、クラスメイトの目すら引けなかったことは言うまでもない（もう少し人目を引くようにまとめればよかった、というのは今も後悔しています。後輩のみなさんは、よかったら図書室にある八十年史とか読んでみてください。笑えますから）。

一方、教室の方のだしもの「缶つみ」も、客足はゼロに近かった。時々誰かが、他クラスの友だちをむりくり引っぱってくるだけで、クラス外の人間はほとんど居ない。そして、クラスの人間の大半が、教室の隅にうずくまってうだうだしている。雰囲気の良いクラス、というよりは、地味で非・活動的な人間が集まっていて私が馴染みやすいクラス、だったのかもしれない。

私も、友だちがミーハー的理由で買った「学校一かっこいい先輩のいるクラスの食券」を使ったあとはすることがなく、黒板の下辺りに座ってぼーっとしていた。午後になって、もう客が来ないというのを確信したクラスの男子たちは、自ら缶つみを始めていた。缶は、基本的に三百五十ミリリットル缶で、二十個つむと賞品が出る、というルールがあった。二十個、というのがどれくらいの高さだか、ちょっと想像してみて欲しい。これをバランスを取りながらつみ上げるというのが、どれだけの困難であるか、おわかりいただけるだろう。

十個くらいまでは、みんななんとか、つむことができた。だがしかし、十三個くらいを節目に、必ず崩れてしまうのである。外から人の来ない教室に、いくらかの間を置いては、缶の塔が盛大に崩れる音が響き渡っていた。それを聞きながら私は、『天ない』の世界に自分が生きられないことを確信していた。

フォークダンス……教室でふたりきり……おばけやしきでキャー……。あんなものは全部幻想だ、幻想にすぎない。現実はこの、空き缶がごろごろしているゴミ溜めにしか見えない教室なのだ。

その時、教室の一角から歓声がわきあがった。見ると、ありえないような高さの缶がつみ上げられていた。男子たちが野太い声を上げて盛り上がっている。その輪の中心に居るのは、学年トップの頭脳と学習力を持つ、学級委員長Iくんであった。

普段あまりお喋りでないIくんは、ニヒルな笑みを浮かべて椅子の上に立ち、そーっと二十個目の缶を乗せようとしている。今まさに。

それは小刻みに震えながらも塔の頂点に立ち、ぎりぎりのところで安定を保った。教室じゅうがどよめいた。私も思わず、「おおお」とため息をもらしていた。

それが多分、三年間の学祭でもっとも感動した瞬間である。というか、心の針がプラスの方向に傾いたのがその一瞬しかなかったので、そんなささいなことさえ印象に残っているのだ。


その後——素敵な学祭をあきらめた後——の話も、少しだけ添えさせてもらおう。

二年生の時は、クラスのだしものの当日係（教室に残っている役）を、先生が「適当にやれ、適当に」と言ったので、クラスメイトたちはあっという間にどこかへ散り、私とMちゃんだけが取り残された。今考えるとみんな鬼だ。しかし、その時はしょうがないと割り切って、Mちゃんと一緒に一日じゅう教室に居て係をつとめたのである。

それを根に持ったまま三年生を迎えた私は、ここぞとばかりに学祭準備をさぼった。食券をさばくふりをして友だちと教室を出、そのまま人気《ひとけ》のない場所に向かった。敷地の端、テニスコートにたどりついた私たちは、そこで、衝撃的なものを目撃した。

「ミホぷー（仮）、見て！」

と友だちが金網を指して言った、その先に居たのは、交尾まっさいちゅうのハエであった。

私たちは「やらしい！」「やらしいわ！」と金網に取りついてにたにたしながら盛り上がった。


というわけで、私の学祭の思い出は、「二十個缶をつんだIくん」と「ハエの交尾」だけである。

学祭ってなんだろう。なんのために存在しているのだろう。私のような、冴島翠になれないフヌケ女子にはわからない。

今もどこかで、たくさんの高校生たちが学祭の絶望に打ちひしがれているのでしょうか。

それともまんまと、学祭のラブ・ハプニングに胸おどらせているのでしょうか。

ハエの交尾
金網
見たところ
重なっている
だけです。
「ぶーーん」とか
鳴いたりはしない。
やっぱりアミ
また!!
同じ学祭準備期間中、
同じ友だちとハチの
バージョンも見ました。
が、基本的に同じです。
よく見ていないと
気付かない…
ということは
ヒマだったの
だろう…
ちょうちょも同じ!

地味女子は卓球

体育着姿の自分を思い出そうとすると、それは必ず卓球のラケットをともなっている。バスケもバレーもバドミントンもやったはずなのに、卓球のことばかり思い出すのだ。中学にしろ高校にしろ、ラケットを持った自分は仲間に囲まれてにこにこしている。それしか、体育にまつわるいい思い出がないのだ。

私は小さな頃から運動音痴である。何なら得意、というわけでもなく、身体を動かすこと全般に於いて、他人に勝ることがない。陸上競技、体操、スキー、水泳、そして球技。何をやっても、私よりできない人はいない。

小学生の頃から、当然自分の運動神経のなさを呪った。「どんなにアホでも運動のできる人と結婚して、運動のできる子どもを産まなければ」と本気で思ったくらいだ。運動会の前日は雨乞いをし、中学の球技大会の時は、大会前の二週間ばかり、昼休みの全てを練習に費やした（練習も嫌だけど、そうしなければ足ひっぱりになってしまうんだからしょうがない）。

運動ができない人の苦しみは、運動ができない人にしかわからない、と思う。あの、バレーの授業で球を変な方向に弾いてしまった時の、みんなの冷たい視線。そんなこと言われたってとれないいんだもん！　むしろあんな勢いで飛んでくる球をちゃんと返せるほうが変！……と思うのだが、みなさん容赦ない。これで、笑って許してくれるようなクラスならいいけれども、一緒に球技をやっているメンバーの空気がもともと良くない場合、事態は最悪になる。張り詰めた空気、その後のあからさまなため息……。冷酷な人は舌打ちを発してよこします（鬼だな）。

今だから言うけれども、私はそれが嫌で高校二、三年のソフトボールの授業を全てサボりました。ごめん、あれサボリ。全部で十回くらいやったソフトの授業に一度も出なかったので、その学期の体育は赤点をいただきました。点数分布表を見たら、さすがに赤点はひとりでした。ええ。

どうせ何をやってもできないことに変わりないんだけれども、できない中でも、「足ひっぱり度」の高い種目は勘弁して欲しいのである。バスケなんかは、まぎれて走っていればいいので普通に参加する。が、バレーとソフトだけはもう、「自分が守るポジション」が決まっているのでどうにもならない。参加する↓失敗する↓舌打ちをくらう、である。しょせん同じ田舎の高校の、同じクラスである女子の舌打ちを、それほどまでに恐れることもないだろうと思うのだが、体育ができる女子というのはだいたい怖いのである(偏見)。もちろん、運動が得意で気配りも得意な——失敗すると「大丈夫だよお」とか言ってくれて、後でワンポイントアドバイスをくれるような——素敵な体育会系女子も世の中にはいるのだが、ともかくそのクラスにはいなかった。体育ができる女子=昔のヤンキーのごとく腕組みポーズで舌打ちがキマりそうな女子、だった。そういう方が三人いらっしゃったので、私は心の中で彼女らを「キングギドラのようだ……」と思っていた(三人ともモデルになれそうな美女だったけど。あと、心の中で思っただけで、言ってないから!! まさか他のクラスの子と「キングギドラちょーこえーよ」とか陰口叩いたりなんかしてませんから!)。

逃げ出すほど恐怖だった体育の時間の中で、「卓球」だけはパラダイスであった。

五対五のバスケや六対六のバレーと違って、小グループでできる、つまり仲間内だけでできるからである。休み時間にかたまるのと同じメンバーでやればよい。

「あっ、失敗しちゃった」

「もう、どっちに打ってるのよミホぷー(仮)」

あ、足ひっかかった……
ゼッケン
比較的つらくないバスケで怖いのは、自分より格上の女子を転ばせてしまった瞬間です。
事態を察知した瞬間、
ドシャー
自分もわざと転ぶ。
でないと許されない気がするのだ

「あははは」

「うふふふ」

てなもんである。平和だ。世界はちっちゃいほど平和になりやすいのだ。

私は体育（ソフトボール）でなくとも授業を休みがちだったが、「次の体育は卓球」と聞くと、多少無理をしてでも参加した。休み時間の延長のような授業で出席時数をかせぐラッキーチャンスである、逃すわけにはいかない。

卓球の時間でも、新しい卓球台やきれいなラケットを全部運動のできるグループに持っていかれ、私の属する地味グループはいつも、ラバーが削れたラケットと、くすんだ緑色の台で試合をしていた。それでも楽しかった。思うに私は、体育そのものが嫌いなのではなくて、体育で足をひっぱって他人に疎まれることが嫌いだったのである。「体育が嫌い」という子のほとんどはそうなんじゃないだろうか。


さて、球技大会の時期になった。私の学校では種目が多く、女子の選択肢には「バスケ」「バレー」「バドミントン」「卓球」の四種目があった。そして、二年のクラスでは、ごくスムーズに種目が決まったのである。相談も何もなし、個人の希望をとるだけで、派手女子＝バスケ、地味女子＝卓球にぱっくりとわかれた。いつも体育館の隅で、ボロい卓球台を使っている私たち地味グループ五人が、そのまま卓球の五人の枠におさまったのだ。

好きこそものの上手なれ、卓球パラダイスを愛していた私は、そこそこ卓球が上達していた（まあ、球も返せないくらいだったのが、適当に打ち返せるようになった、というレベルの上達なんだけれども）。ルールのわからないダブルスに関しては、朝練まで実行してがんばった。

朝練。何とストイックな響きなのだろう。けれども、そんなに球技大会に対して真剣だったわけではないと思う。「今こそ、地味女子の底力をアピールするチャンス！」などとは微塵《みじん》も考えていなかった。単に卓球が楽しいから、朝練という口実をつけて卓球台を借りていたのではないだろうか。

球技大会本番、みんなプログラムを見ながら、出場する種目、もしくは応援したい種目の場所に移動した。卓球が行われる第二体育館に移動した私たち。しかし、試合開始直前になっても、応援席に人の姿はない。

「誰も来ないね……」

「いや、わかってたけどね……」

とうとう誰も来なかった応援席を尻目に、私たちは卓球台の前に立って試合開始の礼をした。

そして何故か、気付くと準決勝だった。

はしょってすいません。しかし、何回勝ったか、先輩に勝ったか後輩に勝ったか、そういうことはまったく記憶にないんです。とにかく、いつものメンバーできゃあきゃあ騒ぎながら、「ごめーん、失敗しちゃった」「うふふふ」のノリでやっているうちに、ベスト4入りを果たしていたんです。

何故、私のような天才的運動音痴が入っているチームがベスト4に入ることができたのか。ひとつには、私のチームにはべらぼうに強い女子がひとりいたということがある。彼女は横に「切る」サーブを打つことができ、それだけで点を入れることができた。しかし卓球は彼女の「闇経歴」であるらしく、いつどこで卓球を習ったのか、頑として口をわらなかった（やっぱり卓球って「闇経歴」にしたいものなんですかね）。また、他の要因として、「他のクラスも卓球は地味女子」ということがあげられる。これは確実だ。どこのクラスだって、運動ができて目立つ、彼氏がいるような女子はバスケやバレーに出ているのである。卓球はしょせん、「残り物vs残り物」なのだ。見れば、相手クラスの応援席も人がまばらである。よっぽどやさしい人が多いのか、ほぼ全員で応援に来ているようなクラスもあったが、必ずしも熱が入っているとは言いがたかった。

まあ、これらの要因から、どんな運動音痴でも、とりあえず球を返せるレベルであれば、くじ運が良ければベスト4まで残ることができたのである（球を返せないような人がいっぱいいるのだ）。

「勝ったら決勝だよ？」

「全校で決勝だよ？」

ベスト8を勝ち抜き、わずかながら色めき立った私たち。もしかして、という期待が頭をもたげる。クラスの誰も応援席に来ないまま、あっさり優勝しちゃったら？　痛快じゃないか！

しかしさすが準決勝、ここまで来ると、いくら地味卓球とはいえ、運だけでは勝てないのであった。上級生の、わりとデキる人が集まったクラスに当たり、こてんぱんにやられた（今思うと、卓球にあえて運動神経のいい奴を入れ、確実に優勝を狙うという作戦だったのかもしれない）。

私たちは来た時と同じように、五人で体育館をあとにした。体育館前の廊下に貼り出されたトーナメント表を見ながら、「でも、よくやったじゃん」「あたしたちにしたらすごいよ」と自己評価を確かなものにし、教室に戻る。

と、教室の中では、他の種目の試合&応援に疲れたクラスメイトたちがダレていた。他の種目は全て結果を出さないまま（ベスト8以上はクラスに点数が入るのである）終わったらしい。


「おーい、サッカーだめだったよ」

「なんだよ、ウチのクラス一点も入ってないじゃん！」

——点数、入れたよ。ベスト4だよ。

一応汗をかいて教室に戻った私たちを、誰も見ていない。ハナっから、地味女子の卓球になど期待していないのだろう。そうして私たちは私たちで、「あたしらは準決勝まで行ってきたよ！」などと笑顔で報告する勇気がない（オーラが薄いため、教室の真ん中でみなさんの注目を集める、ということができないのである）。

——おめでとうを言う人もいない……。

多分、私たち五人は、恨みと絶望の入り交じった微妙なオーラを表出していた。だがしかし、それに気付く人はいなかった。

確か、帰りのホームルームの先生の報告によって初めて、私たちの戦績が発表されたのだったと思う。それを聞いたクラスメイトたちの拍手は、相当な戸惑いを含んで揺らいでいるように聞こえた。女子は「あの人たち、そんな芸あったんだ？」、男子は「ていうか、女子卓球って誰が出てたんだ？」と思っているのがそこはかとなく伝わってくる拍手だった。

　そのこころもとない拍手は私（たち？）の心に刻まれ、復讐心に似たかたちを成しながら、翌年の球技大会へと持ち越された。二年生↓三年生は、科目選択の関係で、クラスの面子《メンツ》がほとんど変わらない。めでたく、前年と同じ五人で卓球に出場登録することができた。

「去年あそこまで行ったんだから、真剣に練習すればかなり行けるよ」

「ベスト4突破は確実だね。いや、優勝しよう！」

　ユルユルでやった前年とは違い、私たちは燃えていた。同じグループで過ごした一年分の結束心もある。が、そこに体育委員から新ルールの報告があった。

「卓球は地味すぎて応援が少ないので、華を持たせるため、今年からは全試合を男女混合のダブルスにするそうです」

　──男女、混合？

　私たちの目の前には、八割運動音痴の地味男子五人が。

　その年、私たちは初戦敗退した。地味女子と地味男子の間に、「一緒に練習したくないです」「ええ、練習したくないです」という無言の会話がなされたためである。

　前年の地味女子の意外な活躍をおぼえていたのか、その年はクラスみんなが体育館に応援に来て、これ以下はないほど盛り下がって帰っていった。

そんなこともあったが、私の体育にまつわるいい思い出は、やっぱり卓球である。誰ひとり応援席にいなくたって、高校二年の球技大会は私の体育人生唯一の晴れ舞台だった。

冷たい視線も、舌打ちも飛ばない。卓球はいつだって地味女子の味方なのだ。

ありえね!!
つーかバカじゃね?!
ねー
ハハハハ
ハナヤカな男女同士は仲が良いが
ダブルスですと〜〜〜?!
と、口に出すこともできないキョリ感
地味女子と地味男子は仲がわるい。

下宿生活の掟

人生ドラマに「突然の転居」はつきものである。おしんは「おっか――！」と叫びながら舟に乗せられて奉公に行くし、小公女セーラはお父様の事業が失敗したためにミンチン女学院の屋根裏部屋に放り込まれるし、島田洋七は母親に突き飛ばされて佐賀ゆきの汽車に乗せられ、祖母にあずけられたと今読んだエッセイに書いてあったし。

高校二年の六月、私も「突然の転居」によって、見知らぬ家の玄関をくぐることになった。

今考えてみても、ここらへんのいきさつはよくわからない。二年生の春にしでかした家出が「あまりに遠距離の通学によるノイローゼのため」とされ（「完敗家出マニュアル・捕獲篇」参照）、学校の近くに住まわされることになった……はずだ。両親は当初、私にアパート暮らしをさせるつもりだったらしいが、担任の先生が「高校生の女の子がひとりで住むのはよろしくない」と主張し、下宿を紹介してくれたのだ。で、あれよあれよというまに入居が決まったわけである。

だけど私は、学校を辞めたいと言ったおぼえはあるものの、もっと近くから通いたいなどと口にしたおぼえは全然ない。近ければ楽に通えるんだから、部活に入ったりもできるんだから、ねっねっ、と大人たちになだめられるようにして下宿に放り込まれた。社会復帰塾に入れられたニートのような発言で悪いのだが、いやだと言ったわけじゃないけれど特にそうしたいと言ったわけでもない。とにかく流れに乗せられて、私は「下宿」という謎めいた場に入ることになったのだった。

そう、謎。今どきの「下宿」というのがどういうものだか、想像できる人が同年代に何人いるだろう。私が思っていた「下宿」は、子どもが出ていった老夫婦の家の空き部屋に、高校生がひとり居座り、子どもの代わりのようにアレコレうるさく言われる、というスタイルだった。

しかし、入居前に下見させてもらった下宿は、普通の家よりはるかに大きな、下宿専門につくられた建物だった。女子棟だけで十五室の部屋があり、十人が入っている。もちろんひとり一部屋で、六畳フローリングの部屋は完全に自分のもの。食事は時間が決まっているものの、ある程度幅があって、その間自由に食べられることになっていた。つまりそこは、「下宿」というよりは「食事つきアパート」に近いものだったのである。なにより、その下宿を運営しているのは老夫婦ではなかった。さばさばしたおばさん、豪気なおじさん、ちょっとクールなおねえさん、というファミリーだったのだ（本当は「おにいさん」も居たのだけれど、ほとんど私たちの前に現れないため、「運営している人」と認識されていなかった）。

しかし、いくら平成スタイルとはいえ、下宿は下宿、ひとり暮らしではなく、共同生活である。共同生活のあるところに掟あり。いったいここにはどんな掟が待ち構えているのか、私は不安でならなかった。

――下宿生は全員高校生、ということは学年による序列があるに違いない。

中学時代、「先輩とすれ違う時はまったく知らない相手であっても頭を下げなければならない」という理不尽なウラ校則があったのを思い出す。通学時は先輩を追い越してはいけないし、顔を合わせたら「おはようございます」とこちらから挨拶しなければならない。念のため言っておくが、私の出身校はタカラヅカ音楽学校ではなく、普通の町立中学である。

高校は規模が大きいせいか、ここまで理不尽なウラ校則はなかった。しかし、下宿という少人数の場となれば、話はまた違ってくる。中学の頃のような、ヤンキー全盛期につくられたとしか思えないような掟が生きているのではないだろうか。しかもそれが「学校」でなく「生活の場」なのである。皿洗い、洗濯、風呂掃除。後輩に押しつけるのに適した仕事はタンマリある。そして私は、そこに「一年生より後に来た二年生」として入っていくのだ。

下宿に入るその日まで、私は「掟」を勝手に想像しては苦悶《くもん》した。――もちろん、そんな

ウラ校則…
書きながら「死語？」と思いました。「ウラ校則」とは学校側でなく、3年生のセンパイ権力によって定められた「掟」。アイサツなどの"行動キハン"の他に、1年生をダサく作り上げるための"服装キハン"がある。
1年
3年
もったり。。。
ウラ校則の服装キハンを守るとこうなる…

掟に関する噂など一度も聞いたことはない。契約時に下宿ファミリーから言い渡された掟はただひとつ、「下宿内恋愛禁止」というものだけである。しかしそれは、どうせ男子の射程範囲内に入っていない自分にとっては甘すぎる掟だ。ないのと一緒じゃないか。もっと何か、とんでもない掟が待っているに違いない。

せんぱーい、これ洗っといてくださいねえ、と食事後のお皿を押しつけてくる意地悪な一年生を想像する。あるいは、あの子の挨拶、暗いんだよねえ、と聞こえる声で陰口を叩く陰湿な三年生を想像する。「突然の転居」はだいたい不幸の始まりなのだ。家族のもとを離れて生活する不安が湧いてくるスキもないほど、私は下宿の掟について悩み続けた。

しかし入ってみると、私が考えていたような掟はどこにもなかった。

下宿に入った日、私はお母さんに用意された「ごあいさつの品」(無難なハンカチか何か)を女子下宿生に配ってまわったのだが、感じの悪い人間はひとりもいなかった。特に、三年生のふたりはやさしげかつ頭良さげで、間違っても「あの新入り、態度悪!」なんて言ったりしない雰囲気だった。

その代わり、だんだんわかっていったのが、ただひとつの掟がひたすら徹底されているということだった。前述の、「下宿内恋愛禁止」というやつである。

いくらなんだって「一つ屋根の下」だし、二十五人もの（男子の人数が正確にわからないから、推定）うら若き男女が暮らしているんだから、実は一件くらいそういう間違いがあったってしょうがないんではないか、付き合うまで行かないにしたって、ちょっと仲良しな人たちくらい居るんじゃないか。

実際入ってみるまで、私はそう思っていた。この下宿ネタを誰かに話す時も、「ええ、その年の男女が一緒に住んじゃうのはマズいんじゃないのー！」と何より先に突っ込まれる。甘い。一緒に住んだら恋は芽生えちゃうのはしょうがないなんて、そんな月9《ゲック》的な考え方では下宿運営はできない。高校生が「一つ屋根の下」でカップルになってしまう、それは田舎においてはあってはならないことなのである。特に、下宿生は全員、高校に通うのが困難な地域からわざわざ出てきている子たちであるからして、それなりに「いいおうち」のご子息が多い。そこから預かった下宿生を、ここで汚して（？）しまうわけにはいかないのである。

下宿ファミリーは、「危機管理」というものをわかっていた。もう、何から何まで男女別にして、口をきくような接点を全くつくらないようにしていたのである。

前に「女子棟だけで……」と書いたのでお察しの方も居るかもしれないが、まず、「棟」を男女で分けている（正確には「一つ屋根の下」とは言えないということだ）。男子棟と女子棟、それぞれにお風呂があり、トイレがあり、コイン式洗濯機があり、もちろん玄関だって別々。

じゃあ逆に何が男女一緒なのかといえば、食堂である。これだけは利便性を考えるとしょうがない。ご飯を別棟まで運ぶのはさすがに面倒である。女子棟の一階にある食堂に、男子がやってくることになる。男子棟と女子棟がつながっている唯一の場所が、食堂の隅にある渡り廊下だった。食堂では昼も夜も下宿ファミリーの誰かが食事の準備をしたり、新聞を読んだりしているので、ここを通り抜けて女子棟に入ることはできない。夜中には女子棟側から鍵がかけられた。

そこまでするか、という感じだが、さらに食堂の中でも、男女別政策は徹底されていた。初めて食堂に案内されて、「こっちのテーブルが男子、こっちのテーブルが女子」と言われた時、私はさすがに驚愕した。二列に並んだテーブルの端に、男女それぞれの箸立てとお椀、そしてお釜が置いてあったのである。

——同じ釜の飯を食わない仲、だ。

そう思った。単純に、二十五人前いっきに炊ける釜がないという問題があったのかもしれないが、私は「釜を違える」ところまで徹底した下宿のやり方に脱帽した。

おれは甘口
わたしは
甘口
甘
あ、でも
カレーの日は
男女別じゃない。
だけ
辛
ヤマってか
ナベが
わたし
辛口

女子棟での生活にはわりあい早く馴染んだと思う。

六月という、もう人間関係の成り立った時期に入っていくことにはものすごく抵抗があるんじゃないだろうかと思ったのだが、同じ高校の同学年ふたり組が親切にしてくれたおかげで、夏にはすっかり居心地のいい場所になっていた。このふたりときたら、夜に部屋でひとしきりお喋りしたあとで、「今日は楽しかったよ、また来てね」なんて照れもなく言っちゃうような子たちなのである。まるで往年の少女マンガに出てくる、ヨーロッパで全寮制の学校に通う金髪の男の子みたいだった。週末には家に帰る、という決まりもあったせいか、私はホームシックにかからないまま、すっかり下宿の子になってしまった。

しかし、どれほど時間が経《た》っても、男子と口をきくことだけはなかった。私だけじゃない、女子下宿生みんなが、男子を無視している。そして同じように、男子もまた女子を無視しているのだ。口をきく機会がないので不可抗力的にそうなってしまう、というだけでなく、もっと積極的な力が働いているようだった。

ある時、食堂で小事件が発生した。女子校のNちゃんが冷蔵庫を開けて、「あ、同じペットボトルがある」と言ったのである。夏のさなか、各部屋に冷蔵庫のない下宿では、食堂の冷蔵庫に各自飲み物を預けていいことになっている。こればかりは男女共用だった。

私もたまたまその場に居合わせたので、Nちゃんの横から冷蔵庫をのぞき込んだ。「十六茶」が二本ある。片方がNちゃんのものらしいのだが、減り具合も全く同じなので、見分けがつかない。

「Nの他に『十六茶』飲んでるの、誰～？」

おばさんが、みんなが食事中のテーブルへと呼びかけた。

「あ、俺」

すかさず手をあげたのは、あまり見てくれの良くない男子（失礼）。

Nちゃんの表情が硬直するのを、私は見た。ふたりともでかいペットボトルに直接口をつけてお茶を飲んでいたわけである。

「○○くん、どっちに置いたかおぼえてる～？」

「おぼえてないッス！」

結局ペットボトルはどちらがどちらかわからないまま、ふたりの手に渡された。男子のほうはそれをどうしたか知らないが、Nちゃんは中身を飲まずに捨てた。

その「ペットボトルどっちがどっち事件」はまたたくまに女子の間に広まり（というか私が喋り散らしたのかもね！）、以来、冷蔵庫に入れるペットボトルには油性マジックによる記名が徹底された。

女子の名前がでかでかと書かれたペットボトルが並ぶ冷蔵庫は、下宿の掟の象徴のようだった。門限が八時だとか、お風呂はひとり二十分だとか、他の子の部屋に居ていいのは十時までとか、細かい「規則」は他にあったけれども、やっぱり掟らしい掟はただひとつだった。「下宿内恋愛禁止」というその掟は、行き過ぎるがあまり、「下宿の異性は虫と思え」というレベルにまで達していたのだ。

ちなみに、下宿生の男女が席を同じくするのは、二月の終わりに食堂でひっそりと開かれる卒業祝賀会の時、一度きりである。卒業式を明日にひかえた三年生だけが突然食堂に呼ばれ、下宿ファミリーにお菓子とお茶をふるまわれるのだ。半分照明を落とした食堂の隅に集められ、顔を合わせた私たちは、言葉を交わすどころか苦笑さえできない。

上から見た図
渡り廊下
男子棟
玄関
ここの1F部分が
食堂
女子棟
玄関
想像図
ココの窓があいてたらしい
やね
渡り廊下以外では
男子棟と女子棟がつながってる
所はないのだが、その昔、
渡り廊下の
屋根をつたって
女子棟に侵入した男子が
いたそうです。(おばさん談)
何が彼にそこまで
させたのかまるでわからない

紅ショウガの夏休み

夏休みが大好きだ。

七月も二十日を過ぎると、毎日上機嫌になる。ちょいとスーパーに出るだけでも、アスファルトの上を踊り歩きそうになる。鼻唄は小沢健二の「Buddy」。なっつっやっすみ、ほっほー♪　というアレだ。

しかし、高校エッセイのネタとして「夏休み」を考えてみると、何も浮かばない。おかしいな、と思ってしばらく思い出す行為に専念してみたのだが、高校時代の夏休みを一体どうやって過ごしていたのか、ちっとも感触が湧いてこない。さすがに、家族旅行や友だちとの日帰りショッピング旅行（鈍行で二時間の県庁所在地まで、みんなで服を買いにいくのだ。地方の子はみんなやる）のことはおぼえているけれども、そういう大イベントのない日のことを思い出せない。楽しかったか、退屈だったか。学校の友だちに会えなくて淋しかったか。宿題は多かったか、最後の日に宿題に追われなかったか。

特にイベントのない日に関しても、大学時代や小・中学校時代のことは何となく、その「夏休みの色」のようなものを思い出すことができる。夏期講習があるだけで盆休みさえない予備校時代に関しても、夏休みのうわつきとダラダラの混在したあの感じを、ちゃんと実感として思い出すことができる。なのに、高校の夏休みに関しては、まったく「色」が思い出せない。三年生の時のことはだんだんよみがえってきたけれども、一・二年生辺りのことがまるでわからない。

唯一おぼえているのが、家の裏の畑でいもほりをさせられたことだ。あれは一年生の夏休み。「私は花の女子高生なのに、弾けちゃう夏休みのはずなのに、家の裏でじゃがいもを掘っている。これはもう面白おかしく脚色してネタに！」と汗だくの頭で強く強く思ったのでおぼえているのだ。当時から芸風が変わらない、というか進歩していないのがわかるエピソードである。

いもほりだって、まあ北海道辺りの広大な畑で、同い年のイトコ（もちろん男子）と共同作業をするならまあいい思い出になるかもしれない。麦わら帽子をかぶっていても、足元が長靴でも、それはそれで絵になる夏休みだろう。

しかし、我が家の裏の畑というのは、それこそ猫の額みたいなものである。ウチは農家ではない。兼業農家でさえない。畑というのは、「つくれるもんはつくってみよう」程度の自給自足専用畑で、私が今住んでいるアパートの一室ぐらいの面積にアスパラとミニトマトとなすとじゃがいもが植えてある、それだけのしょぼい畑である。これがまた、見晴らしのいい場所でなく、ひとんちの裏にあるのだ。用水路兼下水道の水路がちょろちょろ流れていて、その向こうに床屋がある。時々床屋のおじいちゃんが出てきて、一服している。

そんな畑で、十五歳の私は母と妹と三人でせっせといもほりをしたのだ。麦わらと軍手と長靴で。ただ、これをネタにエッセイの一本を書くことだけ考えながら。マンガでもいいなあ、と思った。案外、こんなふうに終わる田舎女子高生の夏休みなんて投稿したらウケるかもしれない。さくらももこも地味にエッセイマンガ描いてみてそれでデビューしたって言ってたしな、うん、行ける。「高校生の真のリアルを丁寧に描いている」などという編集者の賛辞まで妄想しながら、私はむにゅむにゅと土を掘った。とれたイモのことなんて何もおぼえていない。土に触れる楽しさや収穫の感動などない。イモはただ、普通のイモよりいくらか貧相なだけのイモだった。

……あら？　エッセイ一本分の話になってない。

困った。本当に困ったので、高校二年の日記を開いてみることにした。一九九八年。

八月二日の次が八月二十日になっている。私の学校では、終業式の後と始業式の前五日間ほど補習があったので、純正夏休みはまあ八月一日から二十日までになる（寒い地方なので モトの夏休みからして短い）。文字通り、夏休みがすっぽり抜けているではないか。しかも、二日の日記は中学の友だちの近況で、二十日の日記は例によって愚痴が書いてあるだけだ。「にしてもがっこうつまんねぇ――――」。

三年生の日記はというと、こっちは七月二十五日の次が八月十五日だ。しかしこちらには「夏休み総集編」という記述がある。そこを読んでみると……。

「まあほぼべんきょうでしたね。あとペル2とクールボーダーズ2とドラクエ3（ファミコン版）。」

ゲームざんまいかよ！　どうりで記憶がないはずだよ！

そうだ、やっと思い出した。高校時代の夏休みの「色」。クーラーの効いた自分の部屋でえんえんえんえんゲームをしているあの感じ。確か私が高校に入った年にクーラーを新調したので、部屋は素晴らしい清涼感に満ちていた。そこに閉じこもって勉強しているふりをしつつ、ゲームに狂うのである。もちろん、机の上には進研ゼミの教材が絶妙な「やりかけ感」演出済みで開いてある（三問くらいは解いておくのだ。時々科目を変えるのも重要）。家族が二階に上がってくる足音がしたら、素早くテレビを消し、それとなくゲームの電源ランプを隠し、机にかぶりつくわけである。この一連の行動にかけてのみ、私の動きは迅速だったし、家族のかすかな足音さえ聞き逃さなかった。

一年生の時も二年生の時も、はまっているゲームソフトが変わるだけで、同じ夏休みだった。唯一救いなのが、ゲームしながらお菓子をぼりぼり食べたりしていないことである（うちは菓子とジュースの買い置きをしない家なのだ）。それをやったら最低の自堕落感が出ていたことだろう。

しかしまあ、三年生の日記の記述には続きがある。「イベントもあったけど……基本的に、図書館通い。マジマジ。」と。

三年生の夏休みは、ゲームに狂うだけでなく、図書館に通ったりもしていたのである。町の図書館はまだ建てられて四年目で、新築のにおいがした。雨の日は行かないので、天窓から見える空はいつも青かった。しんとした部屋で、窓枠の中の雲だけがゆっくりと動いていた。私が最初のほうで「だんだんよみがえってきた」と書いた三年生の夏の記憶は、この図書館通いだったのだ。

一年二年とサボりまくった進研ゼミのテキストを持って、自転車に乗って図書館に行く。午前中から行って、お昼は図書館の隣の小さな食堂で冷やし中華を食べる。それから図書館に戻り、おやつの時間までまた勉強をする。たまった教材はどんどん片付いた。

はいゲーマーです★
ファミコン
これで2.0の視力を0.3にしました
授業中メガネでした
わっほい
好きな男子もたいがいゲーマー。
ドラクエ5のレベル上げがさー
えっ何何?!

でも、私がそんなに図書館通いをしたのは受験生だからではなかった。その頃私は授業にあまり出なくなっていて、留年か中退か、いずれにしろ受験はもう一年先になるだろうと見当がついていた。

ではどうして図書館に通ったか。誰か、地元の友だちに会いたかったからである。

下宿して遠くの高校に行った私は、すっかり地元から切り離されてしまっていた。同じ町内だけで三人も同級生女子がいたにもかかわらず、その誰とも連絡をとっていなくて、多分みんなはちょこちょこ会ったりしているだろうに、私はその輪の外にいたのだ。もう、電話して遊びに誘える距離感ではなかった。かといって同じ高校の友だちとは、休みにまで会うほど仲良くなかった。いや、十分仲良しだったけど、何というか、休みに割り込んでいくほど甘えられる関係ではなかった。

誰か、ふらっと本読みにこないかなあー。

勉強の手を休める間に思うのはそればかりだった。イモを掘った時にネタ化のことを考えていたのと同じように、私は誰かとばったり再会することばかり考えていた。だってここクーラー効いてるし、最新の「ノンノ」だってタダで読めるしインターネットもできちゃうし、どうしようもなく暇な誰かがやってきそうじゃないか。

一時間勉強すると必ず十分休んだので、そのたびに私は「ばったり」を妄想した。きゃーあ、○○ちゃん元気ー、何してんのー。ひまそーじゃん。うふふふ。私もひま。ねえ、どっか行かない？

誰も来ない。私は五百円玉を握りしめて、ひとりで隣の食堂に行く。メニューを見ないで、「冷やし中華おねがいしまーす」と言う。同じくひとりで店をきりもりしているおじさんが「はい」と答える。

扇風機が鳴っている。机の下に置いてある「週刊ポスト」をめくってみる。客はだいたい私しかいないので、冷やし中華はすぐ出てくる。ひとりなのですぐ食べ終わる。私は紅ショウガだけ隅によけて、「ごちそうさまでした」とおじさんに呼びかけ、五百円払ってまた図書館に戻る。

晴れる限り、それを繰り返した。毎日毎日ひとりで「冷やし中華おねがいしまーす」と言って、紅ショウガを残した。

私は進研ゼミをがりがり解きながら、飼い主のない忠犬ハチ公のように、もしくはストーカーのように、漠然と「誰か」を待ち続けた。

淋しくはなかった。ベンチに座って足をぶらぶらさせながら、「楽しい夏休み」を待っているようなものだったから。だってほら天窓にはまぶしい夏空がある。

昔の友だちはひとりも現れなかった。

でも、夏休みの途中で食堂のおじさんが言った。

「紅ショウガ、抜きましょうか？」

それからおじさんは紅ショウガを皿にのせなくなった。余談だけれども、まる一年経って、予備校生の私が家族とその店を訪ねた時にも、おじさんは紅ショウガを抜いてくれた。それだけがあの、十七歳の夏休みの収穫である。

ふと思ったのだけれど、高校を出た後も、別にめくるめく夏休みがあったわけではない。なのにどうしてあんなにわくわくしていたのだろう。何だって鼻唄まで出ちゃうんだろう。

私が夏を好きなのは、もしかして「楽しい夏休み」を待ち続けているからではないだろうか。まだ見ぬものを待つ気持ちは、いつだって全てを圧倒する。

去年大学を出た私に、夏休みはもうやってこない。「楽しい夏休み」は記憶の中で色あせたりせず、ずっと未知の輝きで以《もっ》て私の七月と八月を照らすのだ、これからも。

いや、もちろんおいしいからかよってたのよ？、
食堂…。
とても腰のひくいおじさん…
というか私はこの食堂より冷やし中華のうまいところをしりません。ホントに500円だっけ？550円？600円かも。あと、あんま冷えてないけど…。

夏の終わり

まっくろな影が足元に落ちている。暑い日だ。

私たちは木陰で一本の缶ジュースをまわし飲みしている。私たち四人――Xちゃん、ゆうなちゃん（仮）、シーナちゃん（仮）、私。同じ中学の同じ組だった四人グループだ。今はばらばらの制服を着て立っている。

まわし飲みなんて久しぶり、と思ったけれど、私はそれを口にしない。他の三人も、久しぶりに会えて良かったなんて言い出さない。笑いを交わしたりもしない。余計なことを言わないように、なるべく口を閉じている。空を眺めたり、焼けるコンクリートの一点をじっと見つめたり、間にぽつぽつと言葉が混じるだけだ。

こんなかたちで再会したって喜べない。

顔を上げると、正面に素っ気ない真四角の建物があり、これまた素っ気ない庭のところどころに、制服でできたかたまりがあって、懐かしい顔が見える。私たちのグループのように、別々の高校の制服が混じるから、かたまりはなんとなくまだらな色だ。いっぽう、高校の制服を着ていない人——つまり大人たち——は、まだらのないかたまりをつくっている。喪服の均一な黒で。

八月の終わり。夏のにおいも、秋のにおいもない。真っ青な空の下でたちこめているのは、線香のにおいだった。私たちが立つのは町外れの火葬場。

中学の同級生の男子が、事故で死んだ。高校二年、二学期の頭で、私は十六だった。

私はいまだに、中学卒業時の同級生の名前をソラで、出席番号順に言うことができる。三年B組、自分も入れると三十四人。誰ひとり抜け落ちていない。

あんまり楽しくて楽しくて、もったいないから焼き付けた。卒業の少し前、三月の昼の教室。弱々しくもあたたかい光のなかで、みんな笑ってる。この光景を忘れないように、いつだって思い出せるようにと強く願った。

今でもしょっちゅう思い出す。Xちゃんと一緒に更衣室の窓から抜け出して授業をサボったら意外と大事《おおごと》になったこと。盲腸で入院した学級会長のお見舞いを口実に、女子数人で隣町まで出てプリクラを撮りまくったこと。授業中、ななめ前の席の男子の背中を使って福笑いをしたら、そいつが先生に指されてそのまま黒板の前に出ていってしまったこと。林間学校のナイトハイクで、好きな男子と同じ班になったは良かったが、彼が行灯《あんどん》を持ってさっさと先に行ってしまったこと。

今は遠く、ガラスケースの中にきれいに収まっているその思い出も、高校二年の私にとってはまだ生々しく、こちらに手を伸ばしてくるものだった。呼び合う名前、くだらない冗談、日々への愛着。あれらはちゃんと私の傍にあったはずだ、そう思うと悔しかった。

新しい学校で、私はすっかり「名前を呼ばれない人」になっていた。教室のちりや埃のように、少しのお目汚しでありながら、気にとめなければそれで済む、という存在に。時々は嘲笑もされた。嘲笑される以外の価値など自分にはないらしかった。

中学の頃に戻りたい、と思った。こんなはずじゃない、こんなつまんないもんが私であるわけがないと、傲慢にも信じようとした。

そんな中での訃報と再会。

「あの頃」の仲良しグループ四人でまわし飲みしたジュースは、死んだYさんの母親が、みなさん暑いでしょう、と声をかけながら午後の陽の下を配ってまわったものだった。

ジュースを飲み終えて、植え込みのレンガの上に腰かけていると、ゆうなちゃんがふいに口を開いた。

中学の話題ですが①
ナイトハイク
その名の通り、夜に山歩きするという行事。
全国にあるの？
今日みなさんにのぼってもらうのは
血盛山《ちもりやま》
注：ほんとう
キャー
ド
「自然の家」の職員にめいっぱいおどされて出発する。

「ねえ、見て」

彼女の指さした先、私たちの目の高さくらいの宙を、ゆっくりと舞い降りていく小さな点がある。

「灰」とゆうなちゃんが言った。四人分の視線がその一点に集まるのがわかった。ぐだぐだに暑いはずの空気が張る。私たちは、火葬が終わるのを庭で待っている最中なのだ。

空を仰いだら、その黒い点はところどころに見え、コンクリートの地面にもわずかながら下りていた。私が「やだ」と言うのと、ゆうなちゃんが「これってYさん……」と言うのがかぶった。

ゆうなちゃんはなおも続ける。「あのケムリも?」「このにおいも?」と。目の前の四角い建物からは、灰色のケムリがするすると上がり、端を空に溶かしていた。そうして、お線香のにおいに混じりながら漂うキナ臭さ。

ゆうなちゃんは多分、信じられなかったのだ。私は信じたくなくて、やだやだやだ、と首を振った。隣で、いくぶん冷静なシーナちゃんが「灰はお焼香のかもよ」とつぶやいた。Xちゃんは黙っていた。

それからほどなく、さっき棺桶を置いたホールに、人の列ができはじめた。列に同級生の姿が見えたので、私たちもその後についた。「何で並ぶんだろ」と言っても、グループの誰も知らない。Xちゃんが「前の人に訊けば」と言ったので、前の男子をつついて訊いた。

「ねえ、並んで何すんの」

振り返ったのは、卒業前によく喋った久保田（仮）だった。高校の制服のネクタイが、私の目には馴染まない。人のよさそうな顔から表情をなくした久保田は、ひとこと「ほね」と言った。火葬が終わったのだった。

「こわい」

後ろにいたゆうなちゃんが、私の腕を握るのがわかった。久保田が床に目を落として「見たくないよな」とつぶやく。

「一緒の教室にいたんだぞ？」

自分に言い聞かせているみたいな久保田の言葉に、私は力なく相づちをうつ。列は進む。参列者が多いので、全員が骨を拾っているわけではなく、この列はただ、骨を見るためだけのものらしかった。

かしゃん、硬くて乾ききったものの音が近づく。列の向こうに、骨を拾う人たちの顔がちらちら見えた。火葬の間、足早に水を運んで行き来していた、幼馴染みだというTくんの顔もある。私が中学に入って一番最初に隣の席になったTくんは、こちらの列を気にせず、手元の骨ばかり見ているようだった。

私は久保田の大きな背中に隠れるようにして、一瞬だけ、台の上に目を走らせた。赤茶けた色だけ視界に入ったけど、焼いた骨は白いというから、あれは使い古された台のほうだったのかもしれない。

同じ教室で、毎日毎日くるくる動いていたクラスメイトが、あっけなく生きていないものになる。あのかたち、見た顔聞いた声、全部失《な》くして横たわる。

その事実を私は受け止められなかった。五つの春に曾祖母を、十三の冬に祖父を、既に亡くしていたにもかかわらず。

火葬場の横にできた真新しい葬祭会館の入り口をくぐる時、Yさんの名前の頭についた「故」という字が看板に書かれたのが目に入って、とうとう足元がおぼつかなくなった。Xちゃんに「大丈夫？」と声をかけられる。うん、と一応の返事をすると、Xちゃんは呆《あき》れた顔で「ホントかよ」と言った。

さっきから怖いのは、Yさんのことをろくに思い出せないことだった。

いや、顔や名前、どんなふうにして教室に居たか、そういうことはちゃんとわかる。でも、自分が直接Yさんに関わったことを、ほとんど思い出せないのだ。

Yさんとは――「さん」という呼称でだいたいわかると思うけど――親しくない。彼は典型的な地味男子で、みんなの前で意見を言うことなど一度もなかった。外では小学校時代の友だちとつるんでいるらしかったが、教室の中では肩身が狭そうだった。気が強い人にはちょっかいを出されていた。私だって、テスト期間中の帰り道に彼（とその仲間たち）の自転車がゲーム機のある駄菓子屋の前に停められているのを見て、友だちと「テスト中までゲームかよ！」とせせら笑ったりした。何かの罰ゲームに利用したことさえあった。「負けた奴はYさんに、にんじんが好きかどうか訊いてくること」と。ちなみにその罰ゲームは結局私がやる羽目になった。ひとりで座っている彼のもとに走っていって「Yさん、にんじん好き？」と訊いたら、「は？」と不愉快をあらわにした返事がかえってきて、しまった、くだらないこと言い出すんじゃなかった、と思ったのをおぼえている。そんなYさんは結局、クラスの男子の誰とも違う高校を選んで入った。

ぽこっと居なくなったのが他のクラスメイトだったら、こういう怖さはなかったかもしれない。もし仲の良い人が欠けたんだったら、我が三年B組よ永遠なれ、という感じで思い出が美化されたことだろう。宙を舞う灰になんか気付かないくらい泣いたろう。

でも欠けたのはYさんだ。その欠落が強調するのは、私が気付かないフリをした「楽しいクラス」の暗い穴。「みんな笑ってる」？　それって本当に「みんな」か？

泣いたり焼けた骨にくらくらしたりしている私たちは偽善的なのかもしれない。さっきから全く涙を見せないXちゃん、「マスカラが落ちるとやだからね」とか言っているけど、多分内心ではそういうところをいぶかしんでいるのだろう。

そしてもう一つ怖いのは、あの頃のYさんと今の私が、立場的に同じであることだった。教室の隅にひっそり居て、言いたいことのひとつも言えやしない。せせら笑いを背中に負う。勿論、彼が何を思っていたかはわからない。Tくんや、よそのクラスの男子たちと駄菓子屋に集う放課後が楽しくてしょうがなかったかもしれないし、高校生活は一転して華やかだったかもしれない。でも私はすっかり、「イチ抜け」された気分になってしまっていた。


葬儀は結構な規模で、会場の椅子はみっちり埋まった。制服の私たちは会場のなかほどに入れられた。シーナちゃんは用事があると言って抜けていて、私の右隣にXちゃん、左隣にゆうなちゃんが座った。

Tくんが弔辞を読み上げる。通りいっぺんじゃない、個人的な思いの詰まった弔辞だった。隣のXちゃんが耳打ちをした。

「私が死んだら、アンタがあれ読んでね」

そう言いながら彼女は、あくまで悲壮な顔をしていない。いたずらを思いついたような目でこちらを見ている。私はうなずいて、「私が死んだら、Xちゃんが読んでね」と言った。

中学の話題ですが②
「何かの罰ゲーム」っていうか、
王様ゲームです…
言いだしっぺはXちゃんか私
A組のT作にウォンチュー♪と言ってこい!!
マジで…!
みたいな他人を巻き込む罰が主流でした
これはクラスでけっこう流行ったんですが
ある日
他グループでゲームやってる男子
「ゲームだから」「ゲームだから」「ゲームだから」
と三回念押しされてから
好きです
念押しすぎだから!!
と言われたのがたいそう屈辱だったのでやめました。

お経が始まると、あちこちですすり泣きが聞こえ出した。前の列に座った、気の強い女子グループの子たちも鼻をすすっている。よくわからないままに、私も泣き出していた。制服のスカートに、小さなシミがつくられていく。

正面の祭壇には真っ白な包みがある。遺骨だ。そしてそのすぐ後ろには、立てかけられた大きな遺影。

──どうしてきれいな笑顔なの。

見慣れない学校の制服を着たYさんは、本当にいい顔で笑っていた。

スカートの上の拳を強く握りしめたら、横からひょいと手が出て、私の左手を取った。ゆうなちゃんだ。やわらかい、熱のある小さな手。

ひそめた鼻声が聞こえる。ねえ、ティッシュない？　あるあるー。

長いお経を聞きながら、私はとうとう思い出した。

──休み時間に、一緒にウノやった。二年の時だ。

あまりにささいなことなので忘れていたのだけれど、二年生の夏辺り、私の席の周辺ではウノが流行った。すごく局地的な流行だったけど、やりかけのカードを机の中にそれぞれ隠して、休み時間ごとに熱中したのだ。そのメンバーの中にYさんは居た。

そんな思い出ひとつで許されるわけはないのに、私は必死でその記憶ばかり再生し続けた。

――許して許して。忘れないから許してよ。

次の日は当たり前に学校があって、当たり前にみんなYさんのことを知らないで笑っていた。その日の教室や廊下はやけに明るく見えて、でも真ん中にぽっかりと穴があいてるみたいな気がした。

もう無理だ、と思った。なんでそうなるのか筋が通るように説明しろと言われても困る。とにかく私の頭はくちゃくちゃで、残りの高校生活五百五十日ばかりを、このまんま名前を呼ばれない教室の埃ちゃんで耐えられる気がしなかったのだ。

頭が痛い。足元の影が濃い。

涙は三日で枯れたけれど、脱力感はずっと残った。

あんたらなんかだいきらい

今朝、高校の夢を見た。

高校生の私が、同級生のみなさんに向かって腹の底から絶叫する夢である。

「お前らなんか、だいっきらいだああ！」

目が覚めると二十三歳。故郷の影もない、東京のアパートの畳の上である。

私は布団から起き上がるより先に、見ていた夢を思い出してもだえた。

――うっわあ～。自分、かわいそー。

高校を卒業してかれこれ五年半、もう「いい大人」である。それなのに「お前らなんか、だいっきらいだああ！」て。そんなことが心の叫びって、どうなのよ俺？　いい加減恥ずかしいですよ？

ちなみに、こういう「高校時代の叫び」の夢を見ることは珍しくない。宿題をやってこなかったことを化学の先生に責められ、「どうせあたしは、バカですよおお!」と叫ぶ夢も見た。「だいっきらいだああ」のパターンは今朝を除いても二回ぐらい見た。

もう、「かわいそー」としかコメントのしようがない。泣ける。「泣ける映画」の五億倍くらい泣ける。

二十三歳にしてなおそんな幼稚な夢を見ていること自体は泣けるが、しかし、いったい何故そんな心の叫びが出てくるのかはわからない。いや、自分ではわかるんだけれども、うまく筋道を立てて他人に説明する自信がない。


私は、高校二年生の九月頃から、教室に行かなくなった。でもそのことを、「どうして」と問われると、今もうまく言えない。

もちろん、当時もうまく言えなかった。休みがちになった私に、Mちゃんが、ものすごーくタイミングと状況を見計らって「どうして授業に出なくなったの?」と訊いてくれた(それは確実に「訊いてくれた」という感じだった)ことがある。二階の、特別棟に向かう渡り廊下の上で、昼休みだった。私たちはたまたまふたりきりで、長い廊下の前も後ろもしんとしていた。

彼女の問いに、私は顔を真っ赤にしただけで、ろくに答えられなかった。

「みんな、私のことバカにしてる」

言葉にすると、その程度にしかならない。死ぬほどかっこわるい台詞だ、と自分でも思った。でもMちゃんは、哀れみやさげすみの表情を見せることなく、やんわりと言った。

「そういうふうに、ミホちゃん（仮）が思ってるだけじゃなく？」

じゃない、と私は答えた。泣きそうだった。こうしてやさしくされてるのに、人にさげすまれたことのないこの子には絶対わからないことだ、と彼女をつっぱねようとする気持ちが自分のなかにあるのが嫌だった。

「……仮にミホちゃんの言うことがほんとだとしても、そんなの気にしないでいればいいよ」

多分、彼女はものすごく気を遣いながらその台詞を言ったんだと思う。あくまで上からのものいいには聞こえなかった。でも私は彼女の目を見ないで「気になるんだもん」と返した。そうしてむりくり話題を逸らした。

ただ漠然と「みんな」のことがだいっきらいで、一緒にいたくなかった。ひとりひとりとして憎たらしいのではなく、カタマリとしての「みんな」が憎たらしかったのだと思う。どうしてそうなるのか。一体なにをされたのか。

挙げてみると、たいしたことじゃない。別に、トイレで蹴倒されて床をなめさせられたとか、あくびしているアホづらの写真を携帯で撮られたあげくその画像を自分以外のクラス全員に回覧されたとか、そういうひどい話はいっこもない。ただ単に、日々よくない扱いをされていたというだけの話である。

一日に三個購買のプリンを食べるので、購買帰りにすれ違う男子に「プリンちゃーん」とバカにされたりとか、同じクラスになって二年目の女子に、名前も呼びたくないんですけど、という感じで「ちょっと！」と声をかけられたりとか、例によって体育で失敗して舌打ちをくらったりとか、そんな程度のものだ。被害妄想じゃないの？　と言われるとそれまで、である。

でも、そういう細かいことの積み重ねが許せなかった。積極的にいじめられているわけではなかったけれど、逆に「若干オモチャだけど、ま、基本的にどうでもいいし」と思われているのが嫌だったのである。

その「どうでもよさ」を一番感じるのが、放課後の掃除の時間だった。教室なんかはまだしも、特別教室の掃除だと、相当な数の人がサボったりする。そうして残されるのは、私と地味男子ひとり。

いや、サボることにある意味悪気がないのはわかる。自分らが遊びたい・ラクしたいから帰っているのであって、なにも私たち（地味女子&地味男子）にわざわざ掃除を押しつけているつもりはないのだろう。

でも、サボる側のほうは、私たちが真面目に掃除をするのをわかっているはずなのだ。私らが、先生にチクりもせず、うんざりしてサボることもせず、きちんと掃除を遂行してから帰ることをわかっていてやっているのだ。

――「誰かやってくれるでしょ」じゃなく、「あいつらがやってくれるでしょ」っつー意識でサボってる！　絶対！

押しつけているのと同じだ。むしろ、コミュニケーションを取らずに押しつけているぶん悪質だ。

そう思うと、腹が立って仕方がなかった。じゃあ自分もサボればいいじゃん、と思われそうだが、そうすると、地味男子くんがひとりで残されてしまう。自分も地味くんに「押しつけた人」になるのだ。それだけは嫌だ。

というわけで、私は日々、地味男子と一緒に黙々と掃除をした。

……だから「みんな」のことが嫌いになったって、おかしいですか。おかしいよな。

こう書いてみても、ちっとも伝わらない気がする。同級生を刺し殺した高校生が、何故そ

「生物実験室」の
そうじにはホントに
2人しか来ない　が
私がキレても
もう1人の男子は
温厚な顔を
崩さない……。
ありつら
ぜってー
×××!!
生物の先生(いつも居る)
ホホホ
先生がかけてる
宇多田ヒカル

んなことをしたのかと問われて、「あいつが掃除をサボったから」と答えたら、私でも「うわ、高校生って怖いのね～」と思ってしまうだろう。

行為ひとつひとつは、たいしたことじゃないのだ。帰りのバス停で、前から二番目に並んでいたはずなのに、気付くと前に三十人いたとか、表面的にはどうってことのないことばかりだ。

でも、そういう「どうってことのないこと」の裏に見える意識が許せなかったのだと思う。こいつには何をしたっていいのだ、こいつがどう考えようと関係ない、と思われていること自体が耐えられなかった。たとえば私が、掃除をしないで帰ろうとする人たちを引き止めて「サボるなー」と言ったところで、彼女ら（彼ら）はただ、顔を見合わせてにやにやして、何も聞かなかったように帰ってしまっただろう。それが目に見えてわかるから、腹立たしいし、悔しかったのだ。

しかも、そういう人たちが特別冷血漢で想像力がないというわけではなく、きっと自分らの中ではいろいろ精一杯で、付き合ってる人とうまくいかなくてせつなかったり、部活の人間関係に悩んだりしているであろうことが、お喋りの端に透けて見えるのがまた、憎らしかった。

――人のこと踏みつけといて、でもそれと全然別なとこで青春謳歌して、そっちだけが将

休み時間に
机を見ている男子……
じー……
雑誌よむとか
ベンキョーするとか
したらいいじゃない!
机

来「高校時代の思い出」になるんだな。

私はこの人たちの世界の中にいない。ほんとうに、嘲笑以外は向けられない、私が一生懸命何かをはたらきかけても、この人たちは絶対にこたえないだろうということが、心底悔しかった。

そんなにバカにされて、それでも気にしないで毎日いい顔で学校に通っていたりしたら本物のバカみたいだから、教室に行かなくなったのかもしれない。あえて言うならば、そうだ。

実際には、バカにされても涼しい顔でいられる人のほうがはるかに賢いのだろう。教室には、休み時間にじっと机を見ているだけのような男子が数人いた。でも彼らは休まないで学校に来ていた。むしろ皆勤だったんじゃないかと思う。

でも私は、「傷ついてるんですぅ」というポーズを取る以外に、反抗のしかたを知らなかったし、反抗しなければ気が済まなかったのだ。

友だちの気遣いもはねのけて、私は保健室にこもった。こもったコマは、卒業までに五百を超えてしまった。

男子こわい

　声を大にして言わせてもらいたいのだが、世の中、高校生の恋愛をアオりすぎである。高校生といえば恋だの男女交際だの肉体関係だの、もうたいがいにしてもらいたい。私が高校生だった時には、進研ゼミの教材にまで「高校生といえば合コン！」などという特集が組まれていた。自分ばかりアピールするやつは嫌われる？　さりげなく気を遣える子は高得点？　席替えタイムでは積極的に動こう？……そんな知識、いつどこで役に立つんだよ！　来年二十四になるけど、今までいっぺんも活用の機会ナシですよ！

　十六歳時点の私も、すでに「自分は合コンと無縁」ということを悟っていた。当たり前である。学校数からして少ない田舎で、「合コン」なんてものができるのはごく少数の選ばれし人間のみなのだ。「普通の女子」「普通の男子」だって、そんなことはしない。ましてや私が……（以下、いつものひくつ病なので略）。

合コンをできるのは超特権階級の人間だけだが、まあ片思いくらいなら高校生活にあって悪いわけではなかろう。が、しかし、二年生を過ぎると、私は「恋バナ」自体と無縁になっていた。

「ゲルマン民族の移動とかさー、わけわかんなくない？」

「あー無理ー」

「やっぱり日本史にすればよかったー」

「でも日本史は漢字おぼえんの大変そうだよね」

連日、このような会話ばかり。あとは「さむいねー」「あついねー」「台風来るねー」てなもんで、色気もへったくれもない。本当に、二年生以降は一度たりとて「ダレソレくん、かっこいいね！」の類《たぐい》の会話をしたことがないのだ。私だけでなく、周りの友だちもおおかた色気がなかったのである。

恋愛にまったく縁がない。

そんな高校生、いねーよ！　と言われてしまいそうだが、実際そうだったんだから仕方がない。

私は特に、防衛キセイのはたらきによって、男子を好きにならなくなっていた。自分が嫌われているのだから（前項参照）、好きになってもロクなことにならないのが見えている。

近年の少女マンガでは「合コン」があたりまえに出てきます
アンタも来なよー
主人公がちょっとオクテでも
えー…!
でも…!
みなさんご存知でした?
でも昔の少女マンガの「出あい頭ぶつかって恋におちる」みたいなもんかも

好きな人に「キモい」「ウザい」などと思われた日には首をくくるしかないわけで、なるべく首をくくりたくない私は誰も好きにならないように気をつける。

だいたい、十六・十七の私は、男子に話し掛けるのが怖くてしょうがなかった。

教室にはたくさんの男子がいるわけで、大人しい人や善良そうな人もそれなりにいる。しかし、そういう人だって私が話し掛けたらどんな反応をするか知れない。ちかしく声を掛けた日には、口に出さなくとも「うわ、うぜえ」と思われること間違いなしだし、事務的に謙虚に話し掛けようとも、愛想良く応えてくれることはないだろう。

とにかく私は男子が怖かった。女子には「どうしてもコミュニケーションしなければならない場合」があり（体育とか行事の班決めとか）、「友だちの友だち」として口をきく場合がぼちぼちあったので大丈夫だった。が、それに比べて男子に話し掛けることはひどく勇気が要った。「勇気が要った」というよりは、むしろ「禁忌だった」とでも言ったほうが適切な気がする。関わらなくても生きていける相手にわざわざこちらから接触をしかける、というのは、私にとっては有り得ない行為だったのだ。

というわけで、二年生進級時から卒業まで、私はクラス内の男子と三度しか口をきいていない。

確かに三度。三度、すべてに関して状況を説明できるのだ。

一度目は二年生のわりと初めの頃で、野球部の男子と。

私が保健室に居たら、体調を崩した男子がやってきて、先生と定期戦の話を始めたのである。なんでも私の地元の学校と試合をしたばかりらしかったので、つい「どうだった？」と話に割り込んでしまったのだ。地元トピックとはいえ、会話に軽く割り込めるなんて、私のひくつ病もこの頃は大して悪化していなかったのだろう。彼も普通に答えてくれて、二言三言、地元の野球メンバーについて話した。

が、二度目に関する記憶は、既にブルブルものである。三年生の後半のことで、季節はおぼえていないが、もうひくつ病がマックスに達したあとだった。

担任が化学の先生だったが、席替えで、ちょいとお遊び的に、元素記号を使ったのである。クジには四十種類の元素記号が、黒板には「1」から「40」までの数字が書いてある。つまり自分の引いたクジに「H」と書いてあれば、元素番号は「1」だから、黒板の席順表から「1」の席を見つけて移動する、ということだ。

私はクジを引く前からびびっていた。

――頼むから二十番以内の元素に当たってくれ。

私は三年生で文系大学を受けることが決まっていて、化学の先生のクラスにいながら、化学の授業を受けていなかった。教科書も参考書も手元にないし、「すいへいりーべぼくのふね」で暗記できる二十番より後の番号はもはや記憶の中にない。仲良しのMちゃんも、「化学を捨てた組」で、資料を持っていないはずだ。他の友だちにしろ、化学の授業がない今日、教科書を持っているとは限らない。もしも知らない元素記号が書いてあったら、だれか持っている人を探して訊かなくてはならないではないか。

クラスは全部で四十人、つまり書かれている元素も四十番以内。二十番までの元素と、他にいくつかの有名な元素は大丈夫なのだ。二分の一以上の確率でイケる！

自分に必死で言い聞かせながらクジを引くと、そこにあったのは「Rb」だか「Ga」だか、とにかく「本当に四十番以内に入ってるんだろうな？」としか思えないマイナーな元素だった。

私はどこかで「やっぱりな……」と感じながら、とりあえずMちゃんの傍に寄っていった。

「化学の教科書とか、ないよねー」

「ないねえ」

Mちゃんも、マイナーな元素を引き当てて困っているようである。と、その時、すぐ横の男子たちが、化学の資料集を広げているのが目に入った。

すいへいリーベの
「リ」がもう
わからん
やっぱりこんなんだよな…
水兵リーベ
Liっ、
「リチウム」とか？
あ、合ってる

見れば、非常に無害そうな男子たちである。女子と口をきいているのを見たことがない、ごく大人しい人々だ。遠慮なく言ってしまえば、「ウチらの男子版」的グループである。

——この人たちなら、話し掛けてもイヤがられないかも……。

普通の人にとってはごく自然であろう考えが頭に浮かんだ。しかし私にとっては「甘い考え」である。

——いやいや、いくら善良でも雰囲気に流される人はいるからな。

私が嫌われものであることを知ってなお、口をきいてくれるかどうかは微妙だ。しかも、もしこの善良そうな人々にまでシカトされたら二度と立ち直れない気がする。

できれば話し掛けたくない。しかし、Mちゃんは自ら動く気配がない（男子に近い私のほうが動くものと思っているらしい）。

——勇気を出せ！　たかが一秒そこらで済むことだ！　何事もやってしまえばそれで済むのだ！

大人しい男子のカタマリに話し掛けるというそれだけのことに、私は必死で己を奮い立たせた。

——なるべくフランクに！　不自然にならないように！　そしてシカトされても気にすんな！　長い人生、こんなことよりはるかにつらい試練が待ってるぜ！

「ねえ」

私が声を掛けると、とりあえず彼らは振り向いた。

「それ、ちょっと見せてくんない？」

クラスメイトに話し掛ける程度のフランクさをつくってみたのだが、資料集を持っていた男子は「はあ……」と距離感まんまんの返事をよこした。

でも、シカトよりマシだ。元素記号表を手に入れられたんだから十分である。

私はMちゃんと「えー、××番かあ」「知らないよねえ、こんな記号」と何事もなかったように笑い合ってから、「ありがとー」と資料集を持ち主に返した。彼はまた「はあ……」と言っただけだった。

とにかく、事は済んだのだ。

私はほっとして新しい席に移動した。――長い話になってしまったが、これが「クラスの男子と話した二度目」である。

さて三度目はというと、卒業間近のことだった。

新学期、また席替えがあって、新しく隣になった男子に突然話し掛けられたのである。

「ねえ、次の時間って何」

その一言に、私は呆然とした。

——この人は、私に話し掛けている!!

二年生で理系クラスに入ってから二年間、私に話し掛けてきた男子はそれまでひとりたりともいなかったのである。掃除当番でふたりきりになっても、保健室で居合わせても、同じクラスの男子から話し掛けられるなどということは、本当に一度もなかったのだ。

——神だ。

隣の彼を見ながら、私は確信した。多分、「自分を見ることができる人に会った霊」と同じ気持ちであった。

が、質問に答えることはできなかった。なぜなら三年生の三学期は受験対策の特別時間割で、私は私立文系クラスに混じって授業を受けることになっていたのである。（自分の本来属する）理系クラスの時間割など、知ったこっちゃない。おまけに、黒板の横に貼ってあるはずの時間割も、この近視では見えやしない。

「わ、わかんない」

普通に言ったつもりだったが、蚊の鳴くような声しか出ていなかった。彼は、親切でだろう、「え。だから、時間割だよ?」と訊いてくれたが、私はなお「わ、わかんない」と答えるしかなかった。私から時間割を聞き出すのをあきらめて、彼は前の席の男子をつついた。

「なー、シマザキぃ。次の時間って何？」

泣きそうだ。

でもこの人はハナっから私をはねのけたりしなかった。安心したと言ったらおかしいかもしれないけれど、なんというか、救いが見えた気がした。


しかしこの三回がほんとうに「クラスの男子と口をきいた」すべてです。

大学を選ぶ時、「もしかして、女子校にしぼって選ぶべきなのでは」と真剣に悩みました。

結局共学に入ったわけですが、結果だけ言うと、ズバリ失敗でした。

私は二十三歳現在、いまだに自分から男子に話し掛けることができません。……病気ですか？

雪と花束、チョコレイト

冬が近付くと、小千谷《おぢや》先輩（仮）のことを思い出す。
先輩との出来事を思い出す、というよりは、先輩のイメージを思い出す、と言ったほうが近い。降る雪の中にぽつんと、学生服にマフラーひとつ巻いた姿で立っている小千谷先輩。実際、私はそんな光景を見ていない。なにしろ校舎の外で先輩に会ったことなんか一度もないのだ。それでも先輩は雪の中のイメージで私の頭に残っている。

二年生の二学期以降、保健室にこもるようになった私は、完全にそこの住人と化していた。また、私以外にも各学年に保健室の常連が三、四人おり、出たり入ったりしている。だからそこには自然と「保健室コミュニティ」ができるのだ。教室では他人と口をきけない私も、何故かそのコミュニティにおいてはよく知らない人と話すことができた。結局、安心できる場所だったということだろう。

雪が降る頃には、私はほとんどの「常連」と顔見知りになった。こっちが教室ならよかったのに――いや、こっちが教室であるべきだ、と思った。居合わせた人と、授業中も休み時間もなくキャッキャとお喋りをし、保健の先生に「うるさーい！」と叱られるのが日常茶飯事。ついには先生に「筆談で喋んなさい」と言われる始末（私と、声のよく通るZちゃんの筆談は一部現存していたりする……）。

やっぱり同学年の子たちが一番仲良しだったけれど、一つ上の先輩たちにもずいぶん可愛がってもらった。体育の度に「だるーい」とぼやきながら（でも体育着持参で）やってくる川田先輩（仮）は、人はいいのに、他人を気持ちよくののしることにかけては天才で、私もよく「バカッ」と怒鳴られた。休み時間に何故かやってくる生徒会長は、いまどき珍しいくらいのビン底めがね、しかも東海林さだおの大ファンで、中身も外見も八〇年代生まれには見えない。いつもノンビリして、「おっちゃん」と呼ばれていた。

小千谷先輩もそういう「一コ上の常連」のひとりだ。授業中に居るほうじゃなく、教室移動のついでに「センセ～」と顔を出していくほうの軽い常連だったけれど、私があんまりいつも保健室に居るもんだから、だんだん口をきくようになったのだ。

先輩は跳び蹴ったらひっくりかえりそうなくらい細くて、色がしろい。真っ黒な髪はぼさぼさで硬そう、焼いたハリガネみたいだ。甘いものが好きで、いつもニカニカ笑って並びのよくない歯を見せてたけど、某有名国立大の法学部A判定という秀才だった。

プラスチックの楊枝にさした冬季限定のチョコレートを、「豊島さん（仮）、食べる？」と屈託なく笑って差し出す先輩に、私が惚《ほ》れないわけはなかった。本来ならば。

でも、教室に戻れば、私は相変わらず他人に接触する自信のない弱虫なのだ。片思いであろうと恋愛なんて望めない。保健室では魔法が解けたようになっているけれども、本当はこっちが「魔法」なのだ、と思う後ろめたさがあった。

しかもそれだけじゃない。もうひとつ、私の気持ちを踏みとどまらせたものに、「彼女」の存在があった。

小千谷先輩には彼女が居た。あすみ先輩（仮）といって、やっぱり保健室の常連だった。私から見た彼女は「花のような人」で――しかも百合だの薔薇だのといった自己主張満々の花じゃなく、小さいけれどどうにも可愛らしい、スミレのような感じで――他の先輩たちと同様、私の面倒を見てくれていた。

あすみ先輩は、姿もふるまいも声も、ぜんぶ可愛かった。やっぱりいつもにこにこしていた。「聞いて、ひどいの～！」と保健室に飛び込んでくるときも「小千谷むかつく！」と言いながら走ってくる日も、ほっぺたのどこかが笑っているように見えた（本人は精一杯悲

保健室の人は何してんの?
本の
かしかり
おしゃべり!!が基本ですが、他に
どつき
どつかれ
えだの
ぶんだの
かいたり
でも一番は
やっぱり
私なんか私なんか
もうふ
さむいから
「思い詰める」です…

しかったり腹立たしかったりするのだろうが、ふくっとしたほっぺたが可愛すぎてそうは見えないのだ)。

いつだったか彼女は、放課後に十分くらいかけて、私と一コ下の女の子に、小千谷先輩とのなれそめを語ってくれたことがある。その話自体はほとんど忘れてしまったのだけれど、あすみ先輩がもうこれ以上ないとばかりに、ほっぺたを桃色にしながら、嬉しいのを抑えきれない様子で「……でねー、そしたら小千谷がねー」とか話していた顔は今も思い出せる。


うーん、王道恋愛小説みたいな展開! 切ない? 小説のネタとして温存しておくべきだった?

しかし、この話にはこれと言った盛り上がりもオチもないのである。

私は保健室に通い続け、ふたりの先輩とそれぞれ顔を合わせた(ふたりが一緒に来ることはまれだった。クラスが違うから、保健室がむしろ逢瀬《おうせ》の場だったのかもしれない)。先輩たちは出会った頃と変わらずに付き合い続けているようだった。

きれいごとを差し引いたって、別れればいいのに、なんて思わない。私は、周りの人の感情が波立つところを見るのが好きじゃないのだ。なるべく穏便に過ごしたい。変化なんて起こらないほうがいい。

私の願い通り、ふたりの間には（はたから見てわかるようなレベルのことは）何も起こらず、受験の時期になった。「受験のおみやげ」として、あすみ先輩は色鉛筆のセットを、小千谷先輩はミッキーの香水びんをくれた。

先輩たちは卒業していった。花束を抱えて撮った写真だけ、保健室に残る。

三年生になってからも、小千谷先輩とふたりで話をした時のことはたまに思い出した。今はもう記憶の順番がぐちゃぐちゃになってしまって、いつのことなのかわからない。とにかく冬だ。保健室の、色あせて薄茶色になったカーテンを背に、先輩がつぶやく。

「俺ってすごい早く死ぬと思うんだよね、にじゅう……、うん、二十三とか。そのへんで」

私はその言葉を否定しない。「早いスね」とだけ答える。

「うん。だって長生きとかしたくないし」

先輩はどこかあさっての方向を向いて言った。私はその先輩の目の届かないところで、ひっそりと嬉しさを嚙《か》み殺す。

――みんなの前で笑って、折れそうな身体にたぶん全部ためこんでる。それで、時々すごく冷たくて無防備なんだ、だって彼女がいるのに「二十三で死ぬ」なんて、普通なら言えるわけないじゃん。しかもただの後輩である私に。

先輩のささやかなつぶやきを、もっと聞きたい。あすみ先輩に言わないようなこと、私に言ってほしい。

卑怯な望みだったろうし、もちろん私の思い込みで成り立っている望みだった。先輩の言葉はただの気まぐれかもしれないし、あすみ先輩にはもっともっと素直なつぶやきをこぼしていたかもしれないし、あるいは他人にこぼす言葉なんてものは彼に必要なかったかもしれない。

でも、しんと垂れ下がった保健室のカーテンと、小千谷先輩の頼りなげなシルエットは、私の目に焼き付いた。そうして、イメージとしての「降る雪のなかの先輩」を作ってしまったのだった。


先輩が二十三歳になった去年の夏、実家に帰った私は、高校時代の恩師（というか、迷惑をかけた先生）のところに遊びに行った。すると先生は、思いがけず「そうそう、こないだ小千谷が来たのよ」と言って、一枚の写真を取り出した。

そこに写っていたのは、もう雪の似合う人でなくなった先輩だった。歯を見せた笑い顔は同じ。でも、肩も腕も、くらべものにならないほどがっちりして、ハーフパンツから出た筋肉のついた脚が、しっかり床を踏んでいた。

「受験のおみやげ」って何よ…?
と思います?
「ちょっとでも都会にでると何か買ってこなければ!! と思う地方人の心理…?」
え、例外ですか?
おみやげー
いっスよ先輩

「元気そうでよかったですねえ」

と私は言った。まあ嘘だった。

消えそうな先輩のままでいてほしかった。訪れるみんなが本音や涙をこぼしていく保健室で、ただ笑って、お菓子を食べていた先輩。でも先輩はきっと、普通の大人の男の人と同じように、誰かをずっと支えたり、誰かに支えられたりしていこうと思うようになったんだろう。私が知っている、雪のなかの先輩はもう居ない。

直木賞をとる方法

突然だが、女子高生なら九割の人は何かしらの「ユニット」に属しているはずである。基本はクラスの人間関係を保つための、いわゆるグループというやつだ。でも、部活に入ればそこでもある程度仲のいい子が固まるし、あるいは「帰りの電車では他のクラスの子たちと一緒」というような登下校のための固まりもあるかもしれない。みんな、その場に応じて別々の固まりを作る。

私はこれを（心の中で）「ユニット」と呼んでいた。モーニング娘。がデビューした前年に高校入学した私にとって、これは結構なじみのある名詞だったのだ。解散はめったにないけれど、メンバーの入れ替わりはあり、そして複数の場所に属していてもいい。ほら、「ユニット」でしょ？

「ユニット」であるからには「コンセプト」がなくてはならない。

いや、これは私個人の勝手なこだわりだが、せっかく組んだのなら何か前面に押し出せるものが欲しいのである。つんくプロデュースの人々だって、やっぱりコンセプトの明確なユニットが売れるではないか。

私が属している基本ユニット、つまりクラスにおけるグループは「卓球娘。」(勝手に命名)である。前にも書いた通り、クラスマッチで自然と「卓球」のポジションに収まる地味なグループだからだ。しかし、「卓球娘。」は今いちコンセプトに欠ける。みんなで卓球をしている、というのは結果であり、動機ではない。メンバー全員の共通点というのが見当たらないのである。「地味」だけではとうてい足りない。いっそ「ガンダムオタク」とか「UKロック狂」とかがあればいいのに、私たちの趣味や性格にはあまり共通したところがなかった。毎日お弁当を一緒に食べているのに、みんなで音楽の話をしたおぼえが一度もないくらいである。

この他に、私は三つの「ユニット」を意識していた。クラスの他に、下宿・部活・保健室と、それぞれ人間関係があるのだ。「卓球娘。」と足して、全部で四つあるなかで、私が最も「ユニット」として気に入っていたのが保健室でのユニット、「不健康三人娘」(これは「。」ナシ。流儀にそぐわないから)である。

このユニットには明確な「コンセプト」があった。だいたい、三人が三人、保健室の常連なわけである。一日四時間も入り浸ったりしているのは私ひとりだが、他のふたりも一日に一度は顔を見せる。このふたりを仮に、Pちゃん、Zちゃんとさせていただく。PちゃんもZちゃんも、朝に弱く、「だるい……」と言ってかなり不機嫌な顔でベッドに行くこともしばしばで、病院で薬をもらっていた。健康優良児、の逆を学年で選出するなら彼女らは必ず枠に入る。もちろん、私も然《しか》り。

私たちは昼休みに保健室に居合わせると、机の上に医者からもらった常服薬をぶちまけて見せ合いっこをした。

「今何のんでる〜？」

「この錠剤、超いいよ！　なんかしんないけど頭が冴えて嶋田の英語（注：「怖い授業」の代名詞）さえ面白く思える」

「えー、あたしそれ合わなかった。精神がムリヤリ身体を引っぱるっていうか」

和気あいあいとコメントし合う。三人とも、「病んでる自分」がちょっと好きだったんだろう。今思うと、あるいはハタから見ると、かなりイタい感じだというのはわかる。しかし十七歳、そんなことは見えちゃいない。

そこに来て、PちゃんとZちゃんは読書家だった。Pちゃんは地元の図書館に行くたび貸し出し冊数ぎりぎりまで本を借りていたし、Zちゃんは三島だの谷崎だの太宰だの、有名どころはだいたい読んでいた。私はマンガ専門だったけれど、せっせと「オリーブ」で紹介されるような類のマンガを保健室に運び、彼女らが紹介してくれた小説を読んで、自分も本好きのように錯覚していた。

「不健康」と「読書」がどれだけ危険な相性だか、みなさんおわかりかと思う。強烈に惹《ひ》かれ合いつつ、結ばれると落ちていくしかない、そんなアブない二者なのだ。この二つは「モラトリアム」を生むのである。

授業時間中でありながら、ひとり保健室の窓辺に立ち、外を眺めている自分がかっこよく思われてくる。それで片手に文庫本なんか持っていれば最高だ。「学校の勉強なんかなんの役にも立たないわ。ふっ」ってなもんで、モラトリアム、大満喫。しかも、心強いふたりの仲間つきだ。

モラトリアム特有のぴりっぴりの自意識を隠そうともせず、私たちは保健室で駄々喋りを続けた。

「それって、文学的だよね」

というのが、何か（作品でも出来事でも人でも）を評する時の一番の褒め言葉だった。他のふたりはともかく、私は文学のブの字もわかっていないくせに、その一言を発する時は内心得意だった。私はわかってるぜ、ふふん、という優越感に心が満たされていた。

「不健康三人娘」の不文律
正しい日本語でしゃべる
もーアイツチョームカつ…
大変腹立たしい。

そうして、間違った文学少女になっていた私は、保健室のベッドで変な毛布をかぶって横になってぐだぐだ考え事をしているうちに、あることを思いついたのだった。ベッドから起き上がると上履きに足をつっこんで、ついたての向こうにいる保健の先生の前に飛んでいった。

「先生、あたしっ、直木賞とる方法思いついた！」

それまで小説家になると言ったこともないのにいきなり「直木賞」である。しかし先生は私の妄言に慣れっこなので、多少面食らった感じを出しながらも「なあに」と訊いてくれた。

「まず、私とPちゃんとZちゃん、三人で同じ人を好きになるの！」

さらに突拍子もない発言にも、先生は「ほう」と相づちを打った。

「で、それぞれエッセイを書き溜めんの、毎日！　で、決着がついた時点でそれを見せっこして、一本の小説にまとめるわけ！　そりゃあ素晴らしい物語に……」

バカだ。色々無理だ。その無理を百歩譲ったとしても、デビュー作が直木賞の候補になることはそうそうない（この間は三崎亜記さんが挙がったけれども）。

しかし、その瞬間の私は本気だった。保健室を舞台に描かれる、じめじめと薄暗いながらも激情に駆られる青春！　かっこいい、と思った。私たちがやれば、いかにも「ジョシコーセー」な安くさいラブストーリーにならないという自信もあった。

「私たち三人なら絶対できます！」

絶対直木賞、現役女子高生、三人とも二月生まれだから十七歳で最年少記録の更新もねらえるかもしれない。既に、「賞金はおそらく三で割れない額なので、どうするか」という心配さえ始まっていた。私は普通に立ってなどいられないほど興奮して、多分両手をばたばたさせつつ断言した。

その時、保健室にはPちゃんもZちゃんもおらず、部屋の真ん中のスチール机のところに同学年のハジメくん（仮）が座っているだけだった。基本、「同学年の男子」がダメな私だが、彼は保健室によく来る人なので顔見知りである。ハジメくんは私を見て「朝から元気でうらやましいね」と冷たく言い放った。続いて先生も言った。

「無理ね」

これまた断言である。私は「なんでですか！」と食いついた。先生があくまで穏やかに答える。

「だって、PとZが同じ人を好きになるっていうのがまず、有り得ないもの。あのふたりじゃ好みが違いすぎるでしょ」

先生は保健室の先生だけあって、私たち「不健康三人娘」それぞれの性格を把握しているのだった。実際、後で知った彼女たちの好きな人は、全然違うタイプだったし、しかも私から見ると両方「興味ない」としか言えない人たちだった。

痛いところを突かれた。しかしそう簡単にあきらめるわけにはいかない。なにしろ私たちは「わかってる」三人なのだ、そんじょそこらの女子高生とは違うのだ。

私は「えー、でもお」ともごもご言いながら、スチール机のそばに寄っていった。丸い椅子に腰を下ろす。まだ望みを捨てられないでいる私に、向かいに座っているハジメくんが言った。

「君ら三人にいっぺんに好かれる男なんて、よっぽどの変人だな」

それを聞いて、「それこそアンタとかどうか、保健室にいて手近だし」と思ったけれど、言わないでおいた。

――とにかく当事者に提案しないと始まらない。後でPちゃんとZちゃんに言おう。きっと乗ってくれるはずだ。

幸いその日のうちに、PちゃんとZちゃん、それぞれに会う機会があったので、私はさっそく直木賞計画を打ち明けた。ふたりの返事は同じだった。

「う〜ん、無理」

盛り上がってくれるかと思ったのに、渋すぎる返事である。具体的に何を言われたのかは

大バカ的妄想…
著者インタビュー
―…で
か：はい。
ゆ：ベフド
だって
ひ：それで
出して
か：もう、
(笑)
まん中
平積み
さらさらのため
等身大!!
5刷
女子高生3人が
本気で書いた!!
ガチンコ勝負の
恋のゆくえは?!
POPつき
ぜひ
2冊目を、
3人別々に、
その後ソロデビュー

おぼえていないが、とにかく「無理なもんは無理」という雰囲気だったはずだ。私と違い、ふたりはちゃんと本を読む人なので、「直木賞」がいかに難関かを理解していたのだろう。だいたいその小説ができたとして、どこに持っていくのか、新人賞だって通らないだろう、というようなことも言われた気がする。

結局、「不健康三人娘」はなんの結実も残さないまま解散した。「ユニット」じゃなく、具体的なバンドやサークルだって、「ウチらはなんかできるよね！」と言って、最後まで何もしないのが大半のパターンで、モラトリアムがあとあと意味を持つ人なんてほんのひとにぎりなのだ。

今はもちろん、「直木賞」なんて言ったことを恥ずかしく思う。「文学的」だって、もう口にできない言葉だ。文学って何さ、と突っ込まれてスラスラと持論を言えるだけの器もポジションもないんだから、少なくとも人前では絶対に口にしてはならない。でも、無性に懐かしくなることがある。「文学的だよね」と無責任に言って笑い合った快感が。

私は最近、Zちゃんに電話した時に打ち明けた。

「ねーねー、『直木賞』は無理だったとしても、女子高生のうちなら本一冊くらいは行けたと思わない？　話題性で！」

Zちゃんの返事は「え、短絡だよね」というものだった。

「『同じ人好きになる』って……なんでそこまで短絡的なの?」

……ひょっとして、完全に「わかってる」気になっていたのは私ひとりだったのかもしれない。

赤点クィーンの思考回路

みなさん、高校時代に赤点を何回取りましたか？

予備校に入ったら周りの子たちが「私高校ン時四回も赤点取っちゃって〜」「え、私二回」などと話していてぶっ飛びそうになりました。

——え、赤点ってカウントするもんなん？

ちなみに私の赤点回数は、概算した結果「最低四十五回くらい」ということになった。何回取ったかなんて知ったこっちゃない、数えているわけがない回数である。

まず、数学二科目と理科二科目が確実に赤点。プラス、英語三科目のうち二科目と、社会一科目は落とす。調子が悪いとこれに古文と体育が入ってくる。

この本の初めのほうでは、一生懸命勉強していた一年生の頃の話をしていますが……そう、あのモチベーションは家出を境目に失われています。一ヶ月学校に行っていなかったため、ほとんどの科目が「もはや、追いつくのがめんどい」という状況になっていたのでした。

でなくとも私は、暗記能力と計算処理能力に欠陥がある。二つ以上の買い物がある時は、メモを持たないといけないし、この間スーパーのお菓子売り場で「二枚で三十一円のラスクと、十六枚で二百二十八円のラスク、どちらが安いか」という計算をするために一分ぐらいじっとしていたのだけれど、どうしてもわからなかった。結局「十六枚も食べると太る」と判断して二枚のほうを三袋買って帰った（正確に計算しなくても、概算すればわかるよね？今見たら）。

こんな人間が理系に進んだこと自体が間違いだ、とつくづく思う。やっぱり数学が圧倒的にボロボロで、二年生の時点で二十点台になってしまった。

しかも私には、一度点数が下がると勉強しなくなる、という習性があった。

二百十番からあがいて百二十番になったとして、それってなんか意味あんの？　精一杯やって百二十番とかって中途半端でダサくね？　だったらがんばらないで三百番、とかのほうがよくね？——などと、保健室のソファにもたれながらヌケヌケと考えていたのである。

普通＝ダサい、というマスコミ電波にやられているとしか思えない思考回路だ。平均値が一番かっこわるくて、平均から離れるほどかっこいい気がしていた。だから私にとっては、二位と三百十七位が等価だったのだ（学年全部で三百十八人、かな？　確か）。

もちろん、二位と三百十七位では三百十七位を取るほうがはるかに容易《たやす》いわけで、私の成績はあっというまにケツから数えるほうが断然速い順位に落ちた。授業はまったくわからない。出るか出ないかは気分によるが、たとえ出たとしても九割聞いていない（残りの一割は先生の雑談）。そしてその「聞いていない」状態を自分では一ミリも気にしていなかった。

――べっつにー。こんなのわかんなくても人生に関係ないしー。

書いてて怖くなってきた。前項の直木賞発言並みに「大丈夫じゃない」感じがする。世間のモノサシに測られない、と言えば聞こえはいいが、本当に世間のモノサシを気にしない人というのは何だか怖い。「気にしない」じゃなくて「見えない」だと単に狂人である。三年生になる頃、私には「平均値からどれだけ離れているか」というモノサシ以外見えなくなっていた。

しかし、負けっぱなしというのもそれはそれで悔しい。いっそ何か一科目ぐらいトップをとったらどうだろうか、と考える。

――そうだよ、ちょっとでも他の科目に割いている能力を、特定の一科目に注げば私だって学年一位になれるはずだ。みんながんばらない教科なら行ける。……「保健」とか！

そう思いついた時、保健体育の授業は「妊娠と母体の健康」という単元にさしかかってい

$\vec{a}$とか$\vec{b}$とか
∫《インテグラル》とか
そもそもイミがわかりません!!
と思う時点で高校の数学はムリだったのかも。
私
バクトルは力の向きって言うけ
どそれ足した
引いたりか
けたり
あげ
くそれ
で空間
が言われ
いたい
なってるのか
に
い
理系の思考
それはそういうものなの
友
ただ解き方のパターンを覚えれば…
ュアル的
浮かばな
しそもそも
日常生活に
そういう状態

た。異性との接触がないためにねじくれた性的興味の行き場としてもナイスな感じである。

私は保健の授業に出て、真剣にノートを取るようになった。

この保健の授業というのが、ちょっと特殊だったのである。ウチの高校では、何故か保健だけ、担当教師別にテストが作られていた。数学だと先生が三人居ても、問題を作るのは当番の先生ひとりである。しかし保健は、三人居るのでテストが三種類あるのだ。

私のクラスの保健を担当していたのは、T部先生という人だった。「T部保健」といえばもう、学内における恐怖の対象である。

板書がろくにない。看護科並みに内容に突っ込む。「骨粗鬆症《こつそしょうしょう》」という解答を漢字で書かせる問題を出した（ひらがなで書いた人には一点もあげない）。

他の先生が、テスト前にプリントを渡してそれをまるまるテストに出すのに比べたら、天と地の差があった。もちろん不公平になってしまうので、採点が終わったあとで点数調整が行われる（T部先生のクラスだけ全員プラス十五点、とか）。

当たり前だけれども、そんな「T部保健」に労力を注ぐ人はいない。みんな、保健なんかやる時間があったら、受験科目の勉強をしたいに決まっている。なぜ他の先生のようにプリントを渡してくれないのか、と理不尽さをうったえる人ももちろん居た。

しかし、私は思った。「微分積分よりは妊娠のほうが人生に関係がある」と。

我ながら名言！　みんなメモれ、コピれ〜！　と教室じゅうにメガホンで叫びたい気分になったが、もちろん言わない。保健の授業中に居眠りしている男子を横目に見て、「お前みたいな奴とは絶対付き合わないね、ははん」とほくそ笑むくらいにとどめておいた。

その回のテストで、私は本気で他の科目に労力を払わず、保健だけを必死に勉強した。生理の波によるホルモンの変化をおさえ、母体保護法の中身までチェックした。結果、テストでは全ての解答欄を埋めた。埋めたこと自体、ずいぶん久しぶりのような気がした。

採点が終わった頃、職員室の前でT部先生に会った。授業では冗談ひとつ言わず、生徒にまったく微笑《ほほえ》みかけない先生が、いきなり満面の笑みをたたえて「豊島〜（仮）」と手招きした。

くっついて職員室に入ると、先生はテストの束から私の答案を引き出して見せてくれた。確か九十三点くらいだったと思う。

「点数調整したら、百点超えるな〜。さすがに九十九点しかやれんけどなあ」

と先生は嬉しそうにウンウンうなずいている（百点を出さない主義らしい）。根本的に頭が悪い私が好成績を取った、ということだけで喜んでいたわけではないだろう。みんなハナから勉強しないので、解答欄が埋まっている答案が珍しいのだ。「えへへ、まあがんばったんでえ」ともじもじしつつ、私は心の中で高笑いをした。

——T部保健で一位ということは、すなわち学年一位よおお！　みんな見てえぇ！

保健で一位を取ったからといって、生物や数学のビリケツがチャラになったりはしない。確かに、学年でもっとも「妊娠と母体の健康」に詳しくはなっただろうが、それにしても「実技」方面がまったくともなっていない。避妊の方法を四種類言えたところで、一種類たりとも試す機会はないわけである。私の労力が生んだのは、「ムッツリスケベな男子中学生とほぼイコールの存在である自分」だけだった。

しかし私はそれで満足した。結局、自己顕示欲を満たせればそれでよかったのである。教室のみなさんに「君たちに負けてませんから！」と主張できる材料がいっこでもできれば万事OKだったのだ（あくまで心のなかでの主張だが、数値的根拠が欲しかった）。

というわけでその後は、思い残すことなく部活や趣味にいそしみ、赤点を取り続けた次第である。

「この調子で行くと今年の受験は無理だから」

と、十一月のある日、担任の先生に呼び出されて言われた。それは主に出席時数の問題で、

ていうか
「ムッツリスケベ」
って他に言い方
ねーのかよー!!
という
心の叫び

テストのことを言ったのではなかったけれど、でもまあ、どっちみちダメなのだった。補習をしないと単位はやれない、その補習は多分受験日までに終わらない、ということだ。

「なんかあたし今年受験だめらしいよ」

早々に友だちに報告すると、みんな重大ニュースを聞いたように絶句した。こっちはヘラヘラ笑っているというのに、必死で励ましてくれたり、「ええ〜!?」と自分のことのようにパニックになってしまったりした。

——あれ？　これってダメなの？

そこまでになっても、私には事の重大さがわからなかった。留年するにせよ、補習を受けて卒業だけはするにせよ、モラトリアム期間が一年増えるだけで、かえってもうけもんじゃないのかと思った。幸い家庭の経済事情に問題はない。親も、十二月の時点で「仙台の予備校に入れれば？」と言ってくれた。

この十二月の日記を見ても、悩んだ形跡はない。「手塚治虫はすげぇね!!」「フリーペーパーつくりてえ」「というわけでスピッツベストアルバム全曲解説！」「メリクリ★前夜祭inマイルーム」などなど、好き放題の記述が並ぶ。

最近、受験シーズンが近いせいか、ラジオで「勉強しながら聴いてます！　つらいので応援してください！」というようなメッセージをよく聞く。たいがいの中高生のお悩みにはノスタルジアをくすぐられる私だが、「受験生の冬」の切なさだけにはまったくピンと来なくて、ちょっと淋しい。

ぼくたちの屋上

映画でも小説でもマンガでも、青春のワンシーンに「屋上」はつきものである。

でも私は、屋上に出入りできる学校に居たことがまったくない。このエッセイで話題にしている高校でも、屋上への扉はかたく閉ざされていた。出入り口はわかっていても、その扉を開いた先にある景色さえ、私は知らない。

でも、私には、青春映画の屋上のような場所があった。特別棟の階段をのぼりきった先、校舎の隅の隅とも言える場所にある、美術室だ。

全国トップレベルの劣悪な環境だ、と美術の先生が言うだけあって、とても美術室とは呼べないような部屋だった。なにしろ、普通の授業をする教室より狭いのである。狭い部屋には狭い机しか入らない、ということで、置かれているのは会議室にあるのと同じキャスターつきの机だ。絵を描くための机にキャスターがついているなんて、冗談じゃない話である。さらに、授業ではその机に三人で座るのだから、はっきり言って絵なんか描けない。絵の具など間違っても使えない。というわけで、私の学年では「絵の具で絵を描く」ような美術の授業が一切なかった（今もそうかも）。

そんなギチギチの教室でも、放課後になってみると少しは広く見える。放課後、ここに来る人は一クラスの人数よりずっと少ないから、机なんてくっつけて使ってしまえばいい。椅子は簡単に積み上げられるプラスチック製だから、除《よ》けるのは簡単だ。ふたつの机をくっつければ、ひとり分の絵が置ける。絵を置かない時、机の上にはノートやマンガが置かれる。ここに集うのはほんとうに少しの数の生徒だけだから、好きに使っていいのだ。

最前列の机の前を通って部屋の奥に行くと、美術準備室の扉がある。たいていは開け放されているその扉をくぐると、正面に三人掛けのソファとテーブルがある。ソファに座ると、右手には大きな机と、ブルーグリーンのマックがあって、先生が居てなにか作業をしている。左手は窓だ。春夏にはテニス部が猛練習を繰り広げているのが、冬には弓道部の一年生が雪かきをやらされているのが遠く見下ろせる。「大変だね」「よくやるよね」なんて、私たちはそれこそ屋上から覗くように、遠く遠く運動部のみなさんを眺めている。

私たちは好きなマンガや雑誌を持ち寄ったり、お喋りをしたり、ＣＤを貸し借りしたりしていればそれでよかった。やらなくちゃならないことなんてたいていなくって、ただ好きに、集まってきてそこに居るのだった。

美術部が私の「屋上」だった。派手な子たちによる自己主張としての甲高いお喋りと、机を見つめるしかない地味な人間による無言の劣等感がうずまく教室から、ぽっかりと切り離されて浮遊する場所。私だって、教室に居る時や保健室に居る時は、十七歳的な焦りと劣等感にやられてひとりで勝手にうんうんうなっていなければならなかったのだけれど、美術部に居る時は違った。きっと、他のみんなもそうだったんじゃないかと思う。やまほどの風船に持ち上げられたように、ふわふわと足が軽くて、多少こころもとないけれども楽しかった。その「楽しかった」部活の話を、何故今まで書かなかったかというと、この部活ではなにひとつ大きな事件が起こらなかったからである。すべてのできごとが、短いスライドのようで、なんというか、起承転結のあるお話ではない。

私は途中入部だった。ウチの高校は一年生いっぱいで「美術」の授業が終わってしまうので、なんかアレ面白かったよなあ、やめちゃうのもったいないなあ、くらいの気持ちで、一年生の時同じクラスだったサヨちゃん（仮）と一緒に美術部に入ることにしたんだと思う。二年生の二学期だった。インドア部の典型で、閉ざされたドアからむんむんと「排他のかほり」が漂ってくる美術室に入っていくのはとんでもなく勇気が要った。最初のうちは、サヨちゃんとふたりで隅っこにいて、顧問の先生に言いつけられた課題を黙々とやっていた。なんだ

絵の具で
絵を描かない
美術の授業
tree
発想法とか…
仮想店舗デザインとか…
写真をつかった
4コマCM制作とか…
チーズ!!
半分くらい広告学校の
授業っぽかった…
たのしいよな　そりゃ

か、木片をやすりでみがきまくるという課題だった気がする。美術部の人たちは「なにやってんの？　木ィみがいてんの。へーえ」と言うくらいにして、あとは内輪で盛り上がってい た。果たしてこの場に馴染んでいけるのだろうか、と思った不安をかすかにおぼえている。

　美術室に通うようになって間もなく、私たちは県の高校美術展（略してコービテン）に出展するため、初めて「水張り」をすることになった。木製のパネルに、水でふやかした紙をぴんとのばして貼り、端をホチキスで留めるのである。先輩の指導のもと、器用なサヨちゃんはすぐにシワのない完成品をつくったけれど、私はB1の紙を五枚もダメにして、先輩に「このバカッ」と怒鳴られた。

　コービテン直前になると、日曜日も学校に来て絵を描いたりした。そういう時はいつもより お喋りが弾んで、私は「バカッ」と怒鳴った先輩と好きなバンドの話で盛り上がった。「あー、私、美術部に入ってよかったあ」と先輩は上機嫌丸出しで笑った。入りたての後輩と音楽の話で盛り上がることが「美術部に入った意義」になるのは微妙だけれど、まあそれだけ、美術部という場所が気の合う者同士の集まりだったということである。

　平日は平日で、遅くまで居残って作業をした。先輩が薬局からカフェインの錠剤を買ってきて部員に配り、みんな変なテンションで絵を描いた。学校を出る時は本当に最後だから、玄関の電気を消すのは私たちだった。私の高校では、玄関の照明スイッチが昇降口より手前にあるので、靴をはきかえる前にスイッチを押さなければならない。ただし、スイッチを切ってから十五秒間（たしかかね）は照明が消えない仕組みになっていて、私たちはその十五秒の間にキャアキャア言いながらかかとを靴に押し込んで外に出る。

いつのまにか「美術部の人たち」は「私たち」になっていた。私がサヨちゃんを「サヨちゃん」と呼び、サヨちゃんが私を「豊島（仮）」と呼ぶので、部員のみんなは、サヨちゃんのことは下の名前、私のことは苗字で呼ぶようになった。それと同じで、私とサヨちゃんも、部員のみんなをあだ名で呼ぶようになっていた。むしろ本名がわからない、という事態もしばしば発生した。

二月、部室にマッキントッシュがやってきた。私たちは普段触らないパソコンに騒ぎ、とりあえず交代で「ソリティア」をやりまくった。初日に全員で二十七連敗して、慣れてくると、先生が入れた「シムシティ」で遊ぶようになった（パソコンのなかに仮想都市をつくるというシミュレーションゲームです）。興味のある子五人ばかりでそれぞれ市をつくったのだけれど、先生がなにかの合間につくっている街に比べてなかなか大きくならなかった。私たちは腹いせに先生の街を火事にしてやった。そんなことばかりしていたので、春になっても、誰もマックで絵を描いたり色を塗ったりできなかった。

先生が異動することになった。ほどよい放任志向で育ててくれた顧問が代わることになって、私たちはそれなりに不安だった。学校によっては、全員に具像画・油絵を課し、タッチひとつまで強制されるところもあるのだという。私たちは「そんな美術部になったらどうしよう」と密かに相談し合った。けれどもやってきたのはそういうやっかいな先生ではなかった。仮にT先生とする。先生は、今までどんなふうに活動してきたのかを私たちから聞くと、「いんじゃない?」とコメントした。基本、前と同じ体制で美術部を維持することにしたらしかった。

それでもT先生はひとつ大改革を行った。それは、美術準備室の模様替えである。今まで、半分は倉庫、半分は前任の先生の魔窟になっていたところを、大掃除して、「サロン」と呼んでも差し支えないくつろぎ空間に変えてしまったのだ（前半部で描写したソファのある場所は、T先生体制になってから生まれた空間だ）。私たちは先生のそばのソファに溜まって、キャッキャとお喋りをするようになった。

サロンのテーブルには、なんとなくかっちょいいマンガが置かれた。冬野さほの『ツインクル』、魚喃キリコの『blue』や『痛々しいラヴ』、そして黒田硫黄の『大王』。新しく入ってきた一年生のFちゃんが、「これおもしろいですよっ」と黒田硫黄をみんなに紹介したのだ。私はそれをいたく気に入って、秋田市まで行って購入した。私はFちゃんとマンガの話

部室にあったMacのはたらき
(当時)
① ソリティア
② シムシティ
③ アクアゾーン
(水槽シミュレーションソフト。熱帯魚が飼える!)
④ ポストペット
(ペットがメールを届けてくれるメールソフト。)
無効活用
せんぱいエサあげちゃいました!?
うん…
しゅっしゅっ
※④のペットをなでてる
Mac音
コーハイのみなさんは大丈夫でしょうか…?
Photoshopとか使えてる?

でキャーキャー言って、去年の先輩と同じように「美術部に入ってよかったあ」と心から思った。

あっというまに季節はめぐる。一年生がぼちぼち増えて、二・三年の男子部員も入った(私が入った時は女子しか居なかったのだ)。新入部員にはあだ名がついた。

新しい面子がそろうと、希望者にはデッサンの指導が行われるようになった。マッキントッシュも、実用的に使える人が出てきた。ただしそういう指導は強制ではなかったから、私は相変わらずデッサンひとつしないままで、友だちが来ない時は備品の色ペンをつかってラクガキをしたり、マンガを描いたりしていた。あんまりにおだやかで、なにもなくて、永遠にこういう日々が続くんじゃないだろうかと思った。卒業(とか中退とか)しても、また次の場所で、私はやっぱり自分の「屋上」に居るんだ、きっと——そうぼんやりと思い込めるくらい、美術室の居心地の良さは私の身体に馴染んでいた。

二年目のコービテン前日、私たちは描き終えられなかった絵を抱えて校舎を出た。私と、サヨちゃんと、部長の稲ちゃん(仮)の三人である。もう夜の十一時で、校舎だけでなく、周りも真っ暗だった。前庭の松の木だけが、くっきりと影絵になって浮かんでいる。玄関から出て、冷たい空気のなかを少し歩いたら、校舎の横の空を星がぴゅっと流れて消えた。流れ星が消えても、空には満天の星がちかちかしていた。

「こわい」

　とサヨちゃんが言った。

「こんなに星がきれいだなんておかしい、きっと明日地震が来るんだ」

サヨちゃんの言葉に、私は漠然と「そうかも」と思った。こんなにもきれいな世界は、きっと明日には崩れてしまう。崩れてしまう前の輝きなのだ。そう考えても無理がないくらいの、静かな夜空が私たちの前に広がっていた。


　世界は崩れなかったけれど、私の「屋上」はそれから間もなくなくなることになる。予備校にも大学にも、そしてもちろん社会にも、私は「屋上」を見つけ出せなかった。

　あれは多分、高校時代にしかないものなのだ。素敵でフラットな、自由で特権的な、あんな場所は。

　時々思い出す。私は一番乗りで部室に居て、ソファに座って誰かを待っている。窓の外はおだやかな晴れ、快晴じゃなくて適当に雲の浮かんだ薄い水色の空だ。私は空を過剰に見つめたりしないで、目の端で気にするぐらいにして、ただここちよく友だちがやってくるのを待っている。

もさもさ

冬が嫌いだ。日本は四季があるからいいよね、とはよく聞くけれど、私としては三季までしか要らない。常夏の島か四季の列島、どちらかを選べと言われたら迷わず「常夏」を取る。とにかく冬の存在が憎いのだ。美しく雪の降るウィンターソングを聴くたびに「くそっ……なにが『ホワイトクリスマス』だ！」「『降り注ぐ』なんて生やさしいもんじゃねえんだよ、雪はよう！」と心のなかで因縁をつけずにはいられない。

単純に寒いのが苦手だ、ということもあるだろうが、その他に、雪国に住んでいた頃のトラウマが冬嫌いに関連していると思われる。幼い頃の雪の思い出はさすがに微笑ましいものが多いけれども、高校辺りになればもう、雪に関する記憶はすべて疎ましいものでしかない。私が高校まで住んでいた秋田では、降る雪を表現する擬態語として「もさもさ」という言葉が広く使われている。

「はー、今日も、もさもさど降るごどぉ」

「あや、車の上サもさっと積もってらでぇ」

雪国の雪というのは、フワフワとかきらきらとか、そんなふうに降るものではないのだ。一片一片がとにかくデカく、降る速度が速い。外に座っていたらあっというまに埋もれる。そしてそれが三日とか五日とか止《や》まないのである。秋田の冬に、晴天なし。あの、のっぺりと雲の影さえ判別できないような灰色の空から、無限に雪が降ってくる……思い出しただけでぞっとする。まさに「陽の目を見ない」生活だ。

気が滅入るだけではない。もちろん、実害が生じる。放っておいたら家から出られなくなるし、さらにはその家も雪の重みでつぶれてしまう（今年はニュースで雪害が報じられているので、あたたかい土地のみなさんもご存知でしょうが）。ので、大人は朝早く起きて雪かきをしなければいけない。積もった雪をシャベルで除けて、川に流すのである。子どもでも、立派な高校生なんかは雪かきを手伝っていることであろう。

ちなみに私は立派な高校生ではなかったので、雪かきを手伝う気はなかった。冬休みとなれば、居間でごろごろしているとすかさず「オメも雪かぎぐれしぇー」（訳：あんたも雪かきぐらいしなさい）と言われるので、夏休み以上に「勉強しているフリ」を強化しなければならない。それでもうっかり日曜日にごろごろしていようものなら、母親にこう言われて引っぱり出されるハメになる。

「道の前で雪かぎしてれば、通る人みーんな『あすこな家《エ》のミホちゃんなば働き者だごどぉ、嫁コさ貰うべ』って思って見でぐねが。ほれ、手伝え」

そして嫁に行った先でまた雪かきをするのだろうか。お先真っ暗じゃないか。

私は（ごくまれに）シャベルで雪をよせながら、自分は最低でも愛媛に嫁ごう、と思った。「最低でも」というのは「最北端でも」という意味である。できることなら絶対雪の降らない国に嫁ぎたい。「むしろブルネイの王家に嫁いでやる」などと考えながら、黙々と雪かきをした。

家に居るとこのような害があるのだが、学校においてもまた雪の害はある。

まず、「極寒バス待ち」だ。学校から駅までのバスが、待っても待っても来ない。時刻表では四十三分のバスが五十五分になっても来ていない、なんていうことも、雪が積もれば日常茶飯事。その間、私たちはバス停で風雪にさらされていなければならない。

遅れて来るのがわかってるんだから、ぎりぎりまで教室に居ればいいじゃん、と思われるかもしれない。ところが、このバスが激混《こ》みになるのである。少しでも列の先頭に近いところに並んで、席を取りたい。なので、実際バスが来る十五分くらい前から並ぶことにしていた。

この十五分が死ぬほど長い。道でみかける女子高生たちはいつも元気にお喋りしているような気がするのだが、この「極寒バス待ち」に於いて、私たちは口を開く気力もなかった。私は一年生の間、一緒の電車で通学するMちゃんとふたりでこのバス待ちをしていたわけだが、本気で「寒いね」以外ろくに喋らなかった気がする。「寒いね」「うん」と言って五分後くらいにまた、どちらかが「寒いね」と言う。

「あたしたちさっきから『寒いね』以外言ってないよね」

「うん」

そんなやりとりもよくあった。わかっていてもまったく他の会話ができない。最早、寒さのせいで頭が働かないのである。

そうして、口を開かずじっと耐えている間にも、私たちの前方には何故か人が増えていく。校門を出てきた人が、列のなかに友だちを見つけると「おー」「今帰るの？」なんて言いながらさりげなく割り込んでくるからだ。みんなちょっとでも列の前につきたいので、平然とこの不道徳をやってのけるのである。鬼のごとき寒さと、いつまでも来ないバスに苛立っている私は、それを見ると、腹が立つのを通り越して世の中を呪いたい気分になった。が、どうしても注意できないのである。

私は一度「列の全体が何人か」と「何人が前に割り込んできたか」を数えてみた。一本のバスを待つために六十人以上が並んでおり、そして私の前に割り込んできた人数は三十人だった。単純計算で、バス待ちの生徒の半分は割り込みということになる。しかし上級生も男子も混じった「半分」に対して、カリスマ性を欠く私が注意などできるわけがない。ただMちゃんと並んで、じっと傘に積もる雪の重みを感じながらバスを待つ。一種の苦行である。

そして極めつきに冬のトラウマとして存在するのが「スキー授業」だ。

体育の授業は週三コマと決まっているが、ウチの高校では冬の間、この三コマを一箇所に集めて（つまり特定の曜日の午後を全て使って）、毎週スキー授業を行うのである。雪のない地方の人にとっては、うらやましい話かもしれない。

が、このスキー授業、移動が徒歩なのである。

最初にその話を聞いた時、私は呆然とした。スキー場は決して近くない。どう考えても、歩こうと思う距離ではない。しかもその道のりを、スキー靴だのなんだのを背負って歩けというのである（スキー板は現地の小屋に置いておくのだが、それにしても初回と最終回は持ち運ばなければならない）。

一年生の最初の授業で、私はスキー場に着いた時点で息を切らしていた。他人より一段体力が劣るとわかっているので教室を一番に出てきたにもかかわらず、着いた時はドンジリだ

ある日とうとうきしてはいた
暴言
オレが大学を出たアカツキにはっ
バス会社をおこしてやる!!
高校と駅の間マイクロバスで往復してっ
一人100円で乗せてやるっ
なっMちゃん採算とれるだろっ

ったのである（四十五分くらいかかった）。へろへろだ。しかもこれから授業をして、あげくの果てにまた歩いて帰れというのである。

鬼だ。悪魔だ。

実はスキー場まで「近道」なるものが存在していて、そこを歩くとかなり時間が短縮されるのだった。慣れてくると、前の集団にくっついて「近道」を通ったのだが、そっちはそっちで過酷だった。住宅街を分け入り、道のどん詰まりから他人の家の裏にまわる。その後に待ち受けているのは道路でもなんでもない、道なき道だ。雪のない状態では田んぼなのか畑なのか知らないが、とにかく吹きっさらしの雪原を、前の人の足跡だけを頼りに進んでいくのである。

さえぎるものがなにもないので、吹雪《ふぶ》くともろに風が当たる。ひどい天候の時、ふと顔を上げたら辺り一面真っ白で、すぐそこにあるはずの山さえかげっていて、前を行く人の背中以外なにもなかったことがある。道幅はひとり分しかなく、一列に並んだ高校生はまったく口を開かない。ただ黙々と雪のなかを進む行列のうちのひとりに、自分もなっているのだった。

――これ、「雪中行軍」ですか？

そう思ったけれども、後ろを振り返って友だちに言う余裕もない。前の人についていかないと、死ぬ。

そのようにして道のりが命がけである上、スキー授業自体も、まったく面白くない。スキーといえば、照り輝く純白のパウダースノウのイメージがあるけれど、実際にはスキー場は雪が降っていることが多いのである。さっきも書いたように、吹雪いていることもたびたびだ。頬を切るように叩き付ける雪、止まらない鼻水。しまいには睫毛にまで雪がまとわりつき、視界がにじんでくる。

しかも私は「五班」だ。スキー授業はクラスに関係なく能力別に班を組むのだが、足をそろえてカーブできない人たちが集まる最下級が「五班」である。リフトに乗らず、カニ歩きでヨチヨチと山をのぼり、下のほうで練習するのだ。

「は――い、曲がる時は外側にストックをついて、山側に体重をかける！　そうすれば足閉じてても曲がるから！」

小学校から飽きるほど繰り返された先生の説明を聞きながら、超スロウに滑っていく。曲がる時は生真面目に「山側……山側……」と体重を意識する。でも私はうまれつき右膝が曲がってついているので、どうしようが足をそろえて滑れるようになんかならない。そうやってよろよろやっていると、遥か上のほうから「苗場スキー場のＣＭ」みたいな一団＝「一班」の人々がジグザグを描きながらハイスピードで滑ってきて、ようやく坂を下りきった私ら

「五班」のほうに思いっきり雪の粉をまき散らすのだ（被害妄想入ってます）。

最後の十五分くらいは自由時間になるのだが、私の友だちというのがだいたいスキーがうまいもんだから、一緒にリフトで上にのぼっていっても、必ず置いていかれる。「待ってよお〜こんな急なところ滑れないよお〜」と半泣きで叫ぼうとも、「大丈夫だよー」という友だちの返事は風に呑まれ、あっというまに遠ざかっていく。彼女の背中はすでに点にしか見えない。私は半泣きのまま急坂に突入していく。あのカーブ曲がりきれないで斜面を転がり落ちて死ぬんじゃないか、と何度も思った。

帰り道では指先が冷えきって動かない。私は友だちにスキー教室の愚痴をぶちぶち言いながら歩く。途中の自販機で必ず紅茶花伝のロイヤルミルクティー（あたたか〜い）を買い、それをほっぺただの指だのに当てながら、学校までの坂をのぼっていく。学校に着くまでは絶対缶を開けない。ぎりぎりまでカイロとして活用したいからだ。

教室に着くと、安心してミルクティーを飲み干す。それはもうだいぶなまぬるい。なまぬるいミルクティーを飲むと、「ああ、生きて帰ってきた」と思い、そして「でも一週間したらまたコレか……」と暗澹《あんたん》たる気分にさせられたものだ。

スキー授業は二年生までで終わりである。受験生はスキー授業なしが一般的なのだ（「滑

フダン体育でエバってる
男子が
いたり
見モノ。
下の班に
するのが
スキー授業の風景
逆もある
それを指さして
笑うのが
たのしみ
(唯一の)
ゼッケン
わきしまってない&
めっちゃ腰ひけてる…
ズルズルズルズル〜
風と化す
地味男子
(1班)

る」と縁起が悪いから、と先生たちは言うが、まあ、骨折などされてはたまらないから、というのが定説である)。

二年生の最後の授業が終わった日のことは忘れられない。私は例の「道なき道」を歩きながら解放感で胸をいっぱいにしていた。

「嬉しいよう。あたしもう二度とスキーなんかしない！　ていうか雪国にも住まない！　誓う！」

ろくに口をきかず往復してきたその道の上で、私は喜々としてMちゃんに語った。Mちゃんは「二班」なので共感してもらえるはずはないのだが、誰かに喋らずにはいられないほど嬉しかったのである。

そしてそれから、私は本当に一度たりともスキーを履いてない。それどころか、冬はできるだけ実家に寄り付かないようにしている。正月も、雪がある年は帰らない。

ふるさとは遠きにありておもうもの。東京に弱々と降る雪を見ているくらいが、一番郷愁をそそられるのである。あの「もさもさ」降る雪を見てしまったら、私は本当に愛媛辺りに引っ越してしまうかもしれない。

夜空の向こう

約十五センチ×十センチ。

これは何かというと、ハガキ一枚の面積である。高校時代、私はこの十五センチ×十センチを文章と小さなイラストで埋めて、ほぼ毎週、あるところへ出していた。

内容はほとんど忘れてしまった。原稿用紙換算でどれくらいの量だったのかもわからない。結構書けた気もするけど、でもだいたい、最後のほうはスペースが足りなくなってみちみちになってしまう。大したことは書いていなかった。深刻な悩みを他人に押しつけるのは恥ずかしいと思い、なるべくささいなことを選んで書いていた気がする。家出をしたとか、クラスメイトで口をきけるのが四人しかいないとか、ここに書いているようなことは書かなかった（はずだ）。ほんとうに、何を書いていたんだろう。それがわかればこのエッセイのネタにかなり貢献したと思うんだけど。

宛先は東京のラジオ局だった。だからハガキは一応、リクエストハガキだった。月曜日から金曜日までの夜に放送されている全国放送の音楽番組に、高校時代の三年間まるまる、ハガキを書き続けた。ミュージシャンや芸能人でなく、専門の「パーソナリティー」、いわゆるDJがいて、邦楽の新曲とみんなのリクエスト曲をかけ、間にゲストミュージシャンのインタビューが入る、というシンプルなつくりの番組だった。

ラジオにハガキを書いていた、と言うとたいていドン引きされる。まず、「ラジオ聴いてるの!?」という話だ。「聴いている側」からすると、夜の番組なんて聴いてるのはたいがいフツーの高校生じゃないか、という気がするんだけれど、「聴かない側」からすると、フツーの高校生はラジオを聴かないらしい。確かに、「昔の月9」の話などされてついていけないことがしばしばあるので、みんなテレビを見ていたんだなあ、と思う。そういう時は「あたし、下宿生だからテレビ見られなかったんだ」と言うことにしている(下宿の個室はテレビがない、というのは事実だ)。

で、そこまでは納得してもらえるとしても、「だからってハガキ書くか?」という話になる。これをやっちゃう人は結構マニアックだとみなされるらしい。大学に入ってから、クラスメイトに同じ番組を聴いていた男子が居て、「さすが全国放送!」と感激し、ここぞとばかりに連帯感を高めようと「あたしハガキ読まれたことあるよお」と言ったらその瞬間に

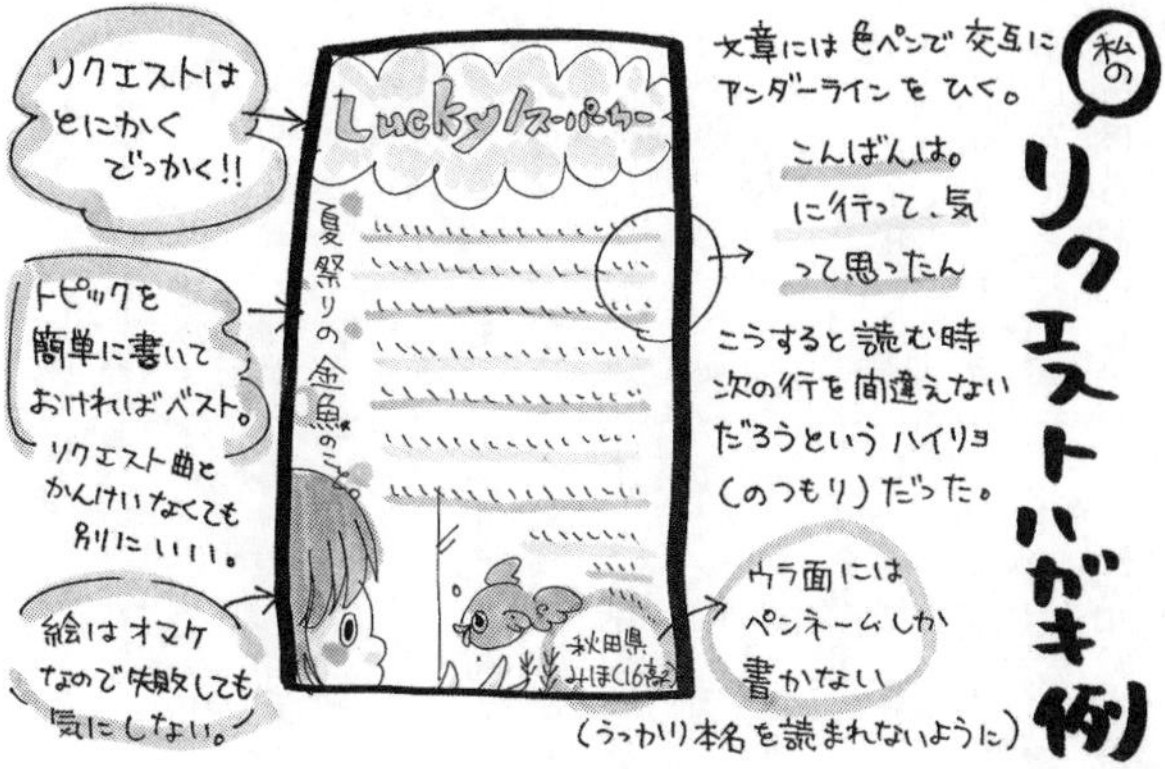
私の
リクエストハガキ例
リクエストはとにかくでっかく!!
トピックを簡単に書いておければベスト。
リクエスト曲とかんけいなくても別にいい。
絵はオマケなので失敗しても気にしない。
Lucky/スーパーカー
夏祭りの金魚のこと
秋田県 みほ(16才)
文章には色ペンで交互にアンダーラインをひく。
こんばんは。
に行って、気
って思ったん
こうすると読む時次の行を間違えないだろうというハイリョ(のつもり)だった。
ウラ面にはペンネームしか書かない
(うっかり本名を読まれないように)

「ええ〜……」という顔をされてしまった。俺的にそれはNGです、みたいな。理不尽だ。

でも、まあ、わからないでもない。「出さない」と「出す」の間の一歩はあまりにでかい。初めてハガキを出した時、私は中三だったのだけれど、「こんなの出したって全国放送なんだからどうせ番組で読まれたりしないよ。期待しちゃだめよ自分！　ってわかってるのに、こんなに一生懸命みちみち書いちゃって、恥ずかしい〜」などと、燃えるような羞恥に煩悶したのだ（で、一通目のハガキは読まれなかった）。

けれども！　熱弁させていただくけれども！　読まれた時の感激はその羞恥をはるかにうわまわります！　名前が読まれただけで、「ええ、嘘、あたしぃ!?」と勉強（か書きもの）をする手を止めて思わずラジカセのほうを見てしまう。見てもラジオなんだからしょうがないのに、とりあえず見る。そしてリクエスト曲が流れる間、両手を揃えてじっと耳を澄ましている。ああ、あたしのリクエストなのよ全国のみんな！　聴いてる？

もちろん、音楽が好きだから番組を聴く、というのは大前提としてある。レンタル屋さえ車に乗らないと行けないような田舎で、新曲をチェックする方法はラジオ以外になかった。秋田県内に初の外資系レコード店ができたのが一年生の辺りだったと思うけれど、うちの高校からは約六十キロ、日常的に行ける距離じゃない。地元のＣＤ屋では試聴機の曲数に限界がある。音楽誌の白黒ページで取り上げられた「期待の新人！」なんていうのに興味を持ったら、ラジオにリクエストするしかないのだ。

でも、それだけで聴いているんじゃなかった。ラジオには、テレビにない不思議な空気がある。流れる曲を聴きながら、日本のどこかで同じようにこの曲を聴いてる人がいるんだな、とうっすら意識してしまうのだ。多分、ラジオは顔が見えるから、だと思う。どんな人たちがなにをしながら番組を聴いているのか、読まれるハガキで具体的にわかる。それがテレビとは全然違うところだ。

新曲が出てうれしい。詞が好き。友だちがプレゼントしてくれた。好きな人が教えてくれた。バンドの解散が決まって落ち込んだ。

曲にまつわるメッセージだけでも色々ある。それに加えて、私のように曲以外に関することをちこちこと書く人もいる。いろんな日常があって、変化があって、で、しかも、私たちは同じ番組を気に入っている仲間なのだ。

そう、「私たち」と言えるぐらいの何かがあった。日本じゅうに散らばっている「私たち」、同じ番組のリスナー。私にとって、そのゆるやかなつながりは、同じ教室に居るだけのクラスメイトよりもはるかに意味があった。誰かの声を聴いている、誰かが「かけて！」と言った曲を聴いている。

リスナー同士で直接言葉を交わすことはできないけれど、真ん中に素敵なＤＪがいた。リスナーの平均年齢よりだいぶ年上らしいのに、メッセージに対していつも真摯《しんし》で、とおりいっぺんみたいな答え方を絶対にしなかった。彼女を中継点にして、「私たち」はつながる。ラジオを聴くことは星空を見ることと似ていた。この空の下の知らない誰かとつながっている、と思える。いや、我ながらこんな夢見がちなことを言っちゃあ脇の下辺りが痒《かゆ》くなりそうだけど。

そういえば下宿していた頃はよく窓を開けて星を見ていた。部屋の灯《あか》りを消して窓を開けると、隣の家の屋根との間に星空が広がる。住宅以外なんにもない集落だったので、星はよく見えた。真冬でも、晴れるとこっそり窓を開けた。なにしろ雪の積もるところだったから、冬の夜の空気はきんきんに冷えて鼻先を刺す。それでも星が見たくて、寒いのに窓辺に寄って外に頭を出した。私の部屋からは同じ下宿の男子棟が見えたので、男子の窓を覗く不審な女子だと思われるんじゃないかと心配で、あんまり長くは見ていられなかったけれど。

学校と家（と下宿）くらいしかない狭い世界で、「外」の世界は音楽を通してしか見えなかった。自分のことでいっぱいいっぱいだから、この学校の外になにがあってどんな人がいるか、なんて、音楽がなければあまり考えられなかったと思う。そういう、自分の生活から

とか過去形で
書いといて
今もラジオっ子
ですけどね
都外のFMをきくために
四苦八苦
している
図
……
ハガキは 書きませんが
メールは します…
ガガ
ガガ
ガガ

離れた「外」の世界とつながるためにハガキを書いていたのかもしれない。

授業中に自分の席で、真夜中に下宿のベッドの上で。音楽雑誌のページを繰って、気になる曲を見つけてタイトルとアーティスト名を書き入れる。ハガキの一番わかりやすいところに、大きく。それからレイアウトを考えつつ絵を添えて、残った余白に文章を書いていく。宛先を書いたら通学カバンのポケットに忍ばせる。読まれるか読まれないか、ポストに入れる時点で何故だかどきどきしてしまう。でも、届けばいい。どこかに届いていると思えれば十分だ。

結局、内容まで読まれたハガキは三年間で五枚くらいだった。実は、そのうち一枚が読まれた時の録音テープが今も残っている。一年生の夏休み前に書いたもので、「好きな人と隣の席になっちゃいました！　キャー！」みたいな内容だった（この時の「好きな人」については「一人称問題」参照）。なんであんなこと書いてしまったんだろう。全国にメガホンで叫びたいほど嬉しかったんだろうか。自分で書いたくせに、恥ずかしくて二度は聴けず、テープは再生されないまま実家の机の引き出しに眠っている。今も、だ。

下宿生の一日

時々ふっと思い出すことがあるのが、下宿の二階の廊下の景色だ。二階にはまっすぐな廊下が一本伸びており、突き当たりには非常階段に通じるドアがある。真夏にはそのドアがいつも風を通すために開け放されていた。他に窓のない薄暗い廊下で、ドアのかたちに切り取られた外の景色だけがまぶしい。

夏の日の午後に、六人くらいで廊下の壁にもたれながら輪をつくった。学校も学年もばらばらの面子で、部屋のなかが暑いから、誰ともなく集まり出したのだった。風が吹き込んで気持ち良い。顔ぶれが特別なので、やっぱりちょっと特別なお喋りをする。ドアの外、非常階段のてっぺんは下宿ファミリーの物干し場になっていて、ピンチで吊るされた洗濯物が揺れている。洗濯物の向こうに、むかいの空き地の草の緑が、ちらちらのぞいていた……ような気もする。

そんな特別な日も、ささいなことだけの普通の日も、下宿の記憶というのはなんだかキラついている。特にすがすがしいとか、めまぐるしいとかいうわけじゃないけれど、年にそぐわず赤いランドセルが似合ってしまいそうな、単純に幸せな思い出があるのだ。「今日、カレーじゃない？」「金曜日だし、そろそろそんな気がしない？」「じゃあ寄り道しないで帰ろうか」なんて友だちと三人で言い合って、下宿に帰るとカレーのにおいが待っていた。友だちとカレーと金曜日。思い出すだけでほくほくする。

下宿はいい。門限が八時だろうと、下宿の外の友だちをつれてきてはいけなかろうと、テレビもクーラーもなかろうと、いいのである。こればかりは力説させていただきたい。

……というわけで、今回は下宿生（としての私）の一日を紹介させてもらおうと思う。

朝は、目覚ましで起きられなかった場合、おばさんに起こしてもらえる。……女子で起こされている人を自分以外に見たことがないのだけれど、とにかく遅刻ラインの七時四十分をまわると、階段の下から「ミホちゃ――ん（仮）！」と名前を呼んでもらえるのである。目覚ましで起きないのにそれで起きるのか？　と思われそうだが、意外とびびって起きる。しかも、下宿の隣の家に三歳ぐらいの「言葉、おぼえざかりです！」という男の子が居て、この子がおばさんの真似をして「ミホちゃ――ん（仮）！」と叫ぶのである。家の外からと内からとダブルで名指しされては、さすがに、起きるしかない。

きちんとした子は七時前に起きるので、私が制服に着替えてばたばた階段を下りていく頃には、玄関で「いってきまーす」と言っている。誰かが出ていくところに居合わせると、「いってらっしゃい」と言うのが決まり。

顔を洗って食堂で朝ご飯を食べ、トイレに行くわけだが、このトイレ、やっぱり女子の共同生活だけに難しい。なにしろ定員十五人にもなる建物なので、学校と同じように個室が複数ある。でも、トイレの外にスリッパが出ていると、「あ、誰か入ってるのか」と思って遠慮してしまう。夜はともかく、朝はだめだ。年頃の女子同士の暗黙の了解、というやつで、その人が出てくるまで耐えようとしてみる。

しかし、やっぱり耐えきれない時もある。ある朝、外にスリッパが出ているのを知りながら「悪いなあ」と思いつつ個室に入った。しばらくすると、横からプウと音がした。

おう、気まずい！……と思う間もなく、壁の向こうから声が飛んだ。

「すみません！　おならをしてしまいました！」

――えっ！

びっくりである。喋らなきゃ誰だかわかんないかもしんないのに（スリッパでだいたいわかるけど）……ていうか、私にどのような反応をしろと？

「いや、いいよ……」

仕方なく壁越しに返事をしたが、これまたマヌケである。すると、「すみません！」と言った後輩の女の子は、たたみかけるように叫んだ。

「先輩っ、誰にも言わないでくださいね！　誰にも言わないでくださいね！」

見えなくともどれだけあたふたしているかわかる声色だった。なんだか気の毒になってきて、私はまた壁越しに「うん、言わない」と返事をした……わけだが、ここで喋っているのは時効です。今までほんとうに誰にも言わなかったので許しておくれ、あの時の後輩よ。可愛い話だからいいじゃないか。

そんなふうに微妙に気を遣う朝を経て、学校に行き、帰ってくるともう夕食である。夕食は五時半から七時と幅があるので、友だちと時間を合わせて食堂に行くこともあったし、気が向いた時間に行ってその時席についている子と食べることもあった。

私はただでさえ動きがスローモーなのに、喋りながら食べているので、食事に四十分くらいかかった。下宿史上もっとも遅い、とおばさんに評されたこともある。私がげはげは笑いながら食べているかたわら、無言で食事をする男子がどんどん来ては皿を空《から》にして去っていく。男子が学校の外でどのような話をしているのか興味があったのだが、下宿の男子たちはあまり食事中にお喋りをしなかった。キッチンカウンターに立っているおばさんとおねえさ

下宿のへや
堂々と
干してある
下着…
ここに
ジュースや
おかしが
入っている
机。
へやの真ン中に
おいてるのは
私だけ
だったかも
こっちが
マド
床に直置き
電気ポット
ガスストーブ
洗たく
カゴ
CD棚
ドア
本棚と
ラジカセが
こっち側
ベッド

んが、「○○くん、よく食うごどー」とか「おかわりせー」なんて話しかけても「……ッス」という「不明瞭だが謝辞・敬意その他を含んでいるらしい体育会系の返答」しかしないような男子も居た。食事以外に男子の様子がわかるところはないので、その生態は不明である。

ごはんを食べ終わり、ごちそうさまを言って食器を返すと、食堂の隅に行く。お風呂の順番表、みたいなものが置かれているのである。メモ用紙に、女子の人数と同じだけの番号がふってあり、横に名前を書くスペースがある。これに名前を書き入れることによって、自分が何番目に入浴するのかを主張するわけだ。前の人がお風呂から上がると、部屋まで呼びにきてくれる。で、自分が上がったら順番表を見て、次の人に声をかける、という仕組みだ。

前にも書いたけれど、お風呂は交代制でひとり二十分。それでも十人居れば二百分だし、その上交代の時に十分くらいのタイムロスは生じるから、女子全員が入浴するには実に五時間近くかかることになる。最後の人が十時に終わるように、というのが目標だったので、入浴は五時前から始まっていたらしい。

七時を過ぎると、お風呂がまわってくるまではフリータイムなので、友だちの部屋に遊びにいくとしたらここになる。十時以降は他室訪問禁止、という決まりがあるので、堂々と声を立てて話せるのはこの時間帯だけなのだ。でも、あんがい騒々しくはならない。全員がはしゃいでいるなんてことは絶対になく、ドアの前にスリッパが散らばっていて笑い声が漏れてくる部屋もあれば、いかにも勉強しているらしい空気をかもしだしている部屋もあるのだ。集まっても大人しいこともある。受験シーズンに、私の部屋に友だちがふたり来て、音楽誌のバックナンバーやマンガの単行本を無言でまわし読みしていた記憶が妙に鮮烈に残っている。「そっち、あたし読んだっけ？　なに載ってるやつ？」「奥田民生インタビューが巻頭のやつ」「あ、じゃあ読んだわ」……というような会話をして、また黙々と読むのである。誰かにお風呂の順番がまわってくるまで、円陣を組んで読んでいる。なんとなく、魔の儀式っぽい。

　お風呂リレーにおける私の定位置は「最後から二番目」だったので、順番がまわってくるのは早くて九時半、遅いと十時半だった。

　お風呂は食堂を通り抜けたところにあるので、遅い食卓を囲んでテレビを見ている下宿ファミリーに「お風呂はいりまーす」と定型句を言って風呂場に入る。

　年頃の娘に、お風呂二十分という制限はなかなか厳しい。シャンプーにリンス、その上「あし毛を剃《そ》る」なんていう動作が入ってくると、湯舟につかる時間はほとんどない。お風呂あがりに鼻パックなんて悠長なこともしていられない。ので、土曜日の午後に例の「小鼻の黒ずみ解消！」すっきり毛穴パックをしていたら、洗面所で下宿ファミリーのおじさんに出くわして大笑いされたことがある。小鼻に白いペッタリをつけた私を指さして、おじさんは「なんだその顔！」と爆笑した。私が「鼻パックですよ鼻パックっ、みんなやってますよ！」と説明しても全然聞こえないかのように笑っていた。よっぽどおかしかったらしい。

お風呂に関してのみは、やっぱり「あーあ、早くひとり暮らししたいなあ」と思ったものだった。入浴剤をいれて、アロマキャンドルなんかともしちゃって、鼻唄まじりに湯舟につかってみたい、なんて夢を抱きながら、時間と闘ってわしわしと髪を洗う。

お風呂から上がると、食堂に残っているおばさんから、たまに「お菓子ひとつだけあるがら、持ってげー」と、こっそりマフィンかなんかをもらえることがある。多分、もらえる機会は均等になっていると思うのだが、この「こっそり」が嬉しい。十時を過ぎて静まり返った部屋で、ひとりもぐもぐとお菓子を食べる。

基本的にお風呂より後の時間はひとりでいるわけだけれど、実は私は、この時間帯に友だちの部屋に通っていたことがある。もちろん「他室訪問十時まで」の決まりに引っかかるので、あくまでこっそり。

同じクラスで下宿生のあっちゃん（仮）から「ラジオドラマが怖いから一緒に聴いて」と

冬はパジャマの上に
綿入りはんてん…
ゆきんこぽいよー…
あったかいけど
他の人には
みられたくない。
でも他の人が着てるのを見ると安心する。

言われて、ドラマの時間に連日、彼女の部屋に行くようになったのだった。テレビがないため、ラジオっ子が微妙に多いのが下宿という場所。私もかなりマメにそのドラマを聴いていたので、二つ返事で了解した。

友だちの部屋は、不思議なことに、それぞれ違うにおいがする。一つ屋根の下なのに、やっぱり違う「家」なのか、共用部分は共用部分のにおいがし、個室のドアの向こうは、それとまた別のにおいがするのだった。あっちゃんの部屋は、毛布のようなにおいがした。

廊下に脱いだスリッパを、他の子に見つからないように部屋のなかに放り込む。私が行くと、あっちゃんはいつも、ココアをいれてくれた（みんな電気ポットくらいは部屋に置いているのだ）。ココアをすすりながら、ラジオに耳を傾ける。私たちはラジオに反応して、部屋から漏れないような小声で「ひゃっ」とか「わっ」とか言い合った。ドラマが終わっても、やっぱりお喋りをした。ドラマは十五分なのに、お喋りが一時間くらいになってしまったこともあった。

「ごめんね、こんなに遅くまで」

「ううん。おやすみ」

「おやすみ」

おやすみ、で友だちと別れられるのは幸福なことだった。しんとした廊下を、ぬきあしさしあしで自分の部屋に戻ったけれど、やっぱり他の子に聞こえていないはずはなかっただろう。

部屋に戻って日記を書いたら、静かな、静かな夜が終わる。

あの二月

保健室にこもりっきりだった私が、どうして再び教室に行くようになったのかは思い出せない。

「赤点クィーンの思考回路」でもちょっと触れたように、出席が足りないために「この調子で行くと今年の受験は無理」と十一月の時点で担任に言われた。意識している人はあまりいないだろうけど、大学の受験資格には「高校卒業見込み」（もしくは大検取得）というのが入っているのである。見込みのない人は入試の願書を出せない。つまり、私に「卒業見込み」はないのだった。留年するか、中退して大検を受けるか、もしくは補習をしまくってぎりぎり卒業させていただくか、になる。

中退だろうなあ、と思った。で、変なところで楽天家な私は、「ふむ、では今年度残り数ヶ月は何をしてもいいのだな」という結論に達した。もう出席時数なんて関係ない。授業には出たい時出ればいいし、出たくなければ出ないで他のことをしていればいい。

うーん、超自由！　周りがみんな受験生で不自由そうにしているので、フリー感もひとしおである。

しかし、自由な状況に置かれた私がしたことは、「普通に授業に出る」だった。人間、義務は負担だが、やらなくていいことはそう負担でもないのである。劇場で見て気に入った映画のＤＶＤを、いざ手にしてみると意外と見ないのは、「見なければならない」という義務感が生じるからだと新聞で読んだ。その逆で、義務が義務でなくなると、「まあ、やってもいいよ」という気になるもの……じゃないだろうか。

十二月に入った辺りから、私の出席時数は右肩上がりで増えていった。

その頃、教室でよく「新たなクラスメイト」を発見した。休み時間、教室の隅にたまってお喋りしている人々のなかに、見知らぬ男子が混じっているのである。他のクラスの人なのかなあ……とこっそり様子を見ていると、チャイムが鳴っても出ていかない。そこで初めて、「あ、クラスにこんな人居たのか」と気付く。三年の十二月にもなってひどい話だが、他の人はもっと私の存在にぎょっとしたはずだ。転校生が来たわけでもないのにクラスメイトがひとり増えているのだから。

さて、そんなふうに真面目に授業に出ていると、再び担任から呼び出された。

「最近頑張ってるみたいだから、卒業させてもらえるかもしれない」と突然言われる。何でも、二月三月とみっちり学校に来て補習をすれば卒業できないこともない、らしい。学校の卒業式は三月一日と決まっているが、もし一日までに補習が終わらなくても、みんなと別に卒業するのは可能だというのだ（決まりとして可能というだけで、学校側がわざわざ問題児を助けるために、厚意でその補習をやってくれるかどうかはまた別の話。学校や年度によって違うと思います……念のため）。

目の前にエサをぶらさげて走らせようとするなんてずるい、と思ったのだが、結果的に、私は十二月一月と真面目に出席を続けた。で、卒業のチャンス＝補習権を得たわけである。

「三月一日には間に合わないが、毎日六時間補習すれば卒業はできる」

そういう説明があって、補習の計画書を渡された。高校はだいたいそうだと思うけれど、三年生は普通、二月以降は自由出席で、授業がない。各自受験勉強しましょう（わかんないとこは先生に訊きにきてもいいよ）ということになっている。その二月、まるまる学校に来て、さらに三月を半分までやれば卒業証書はもらえるらしい。受験はおあずけのままだけれど、来年大検を取る手間が省けるぶん、トクである。受けさせてもらうしかない。

二月、生物化学講義室にて補習は始まる。

高3の同級生は
女子と男子が全然
で「憶えてる率」ちがう…。
指を折っていけない
男子何人いたのか不明…
もやーーーん
とにもかくにも女子
忘れちゃいない!!

特別棟一階、教室棟まで続く廊下の突き当たりにあるその部屋は、ドアを開けると足元が寒かった。理科系の教室が集まった一角なので、そこはかとなく酢酸カーミンくさい気もする。

私は文系クラスの二人の補習生とともにその部屋に入れられた。補習と言ったって、まさかひとりに教師が付きっきりで授業をできるわけじゃない。要は自習だったのである。部屋には生徒三人しか居ない。

一緒に補習することになった二人のうち、ひとりは保健室友だちのPちゃんだった。残りはよく知らない男子である。イケメンだ。私のようにくさくさして授業に出なくなったわけじゃあるまい、と推察した。私はPちゃんと前のほうの席に陣取り、イケメンは私たちから距離を取って後ろのほうに座った。

自習課題はさほど難しいものではなかった。たいがいの科目はプリントが出る。授業前に職員室に行って課題をいただき、授業が終わる頃持っていって答えをもらい、丸つけをする。で、また職員室に行って先生に出す。

プリントはだいたい三十分くらいで終わった。残りの時間はPちゃんと喋ったり、購買で買ってきたパンをむしゃむしゃ食べたりする。イケメンは時間が余ると、椅子を三つ並べて寝ていた。

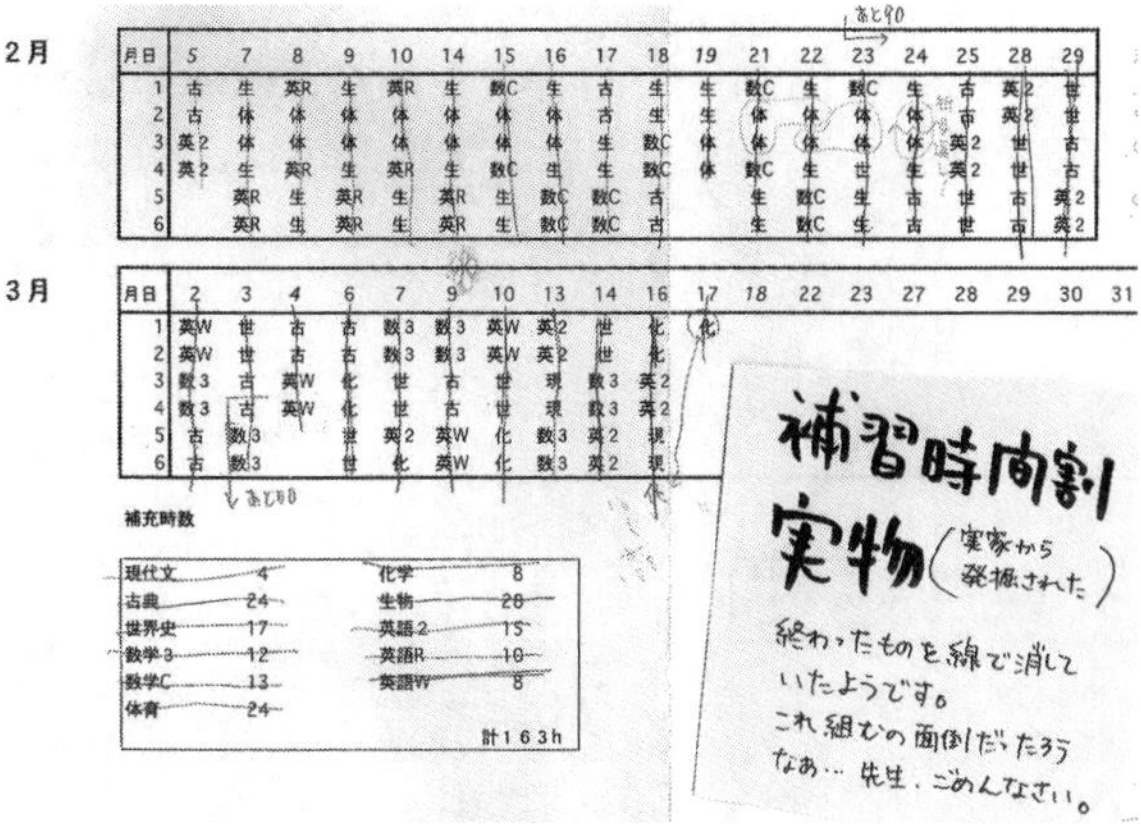

2月

月日	5	7	8	9	10	14	15	16	17	18	19	21	22	23	24	25	28	29
1	古	生	英R	生	英R	生	数C	生	古	生	生	数C	生	数C	生	古	英2	世
2	古	体	体	体	体	体	体	体	古	生	生	体	体	体	体	古	英2	世
3	英2	体	体	体	体	体	体	体	生	数C	体	体	体	体	体	英2	世	古
4	英2	生	英R	生	英R	生	数C	生	生	数C	体	数C	生	世	生	英2	世	古
5		英R	生	英R	生	英R	生	数C	数C	古		生	数C	生	古	世	古	英2
6		英R	生	英R	生	英R	生	数C	数C	古		生	数C	生	古	世	古	英2

3月

月日	2	3	4	6	7	9	10	13	14	16	17	18	22	23	27	28	29	30	31
1	英W	世	古	古	数3	数3	英W	英2	世	化	化								
2	英W	世	古	古	数3	数3	英W	英2	世	化									
3	数3	古	英W	化	世	古	世	現	数3	英2									
4	数3	古	英W	化	世	古	世	現	数3	英2									
5	古	数3		世	英2	英W	化	数3	英2	現									
6	古	数3		世	化	英W	化	数3	英2	現									

補充時数

現代文	4	化学	8
古典	24	生物	28
世界史	17	英語2	15
数学3	12	英語R	10
数学C	13	英語W	8
体育	24		
			計163h

あと90
補習時間割
実物（実家から
発掘された）
終わったものを線で消して
いたようです。
これ組むの面倒だったろう
なあ… 先生、ごめんなさい。

おそろしいまでにしんどくない学校生活だった。身体の具合も悪くならない。Pちゃんといつも一緒なので、むしろ楽しいくらいである。途中に私とPちゃんの誕生日（なんと同じ日なのだった）があったので、放課後に学校のそばにある商店から駄菓子を買ってきて祝ったりした。

あれほど嫌だった体育の実技も、まったく苦にならない。下宿の友だちが、受験の合間に卓球の相手をしてくれた。石油のポリタンクみたいなものを持って通りすがった用務員さんと、体育の先生とを無理やり巻き込んでダブルスをしたこともある（仕事の邪魔ですね）。実技の相手が居なくなると、保健の教科書の指定されたページを読んで感想を書け、という課題を出された。罫線ノートいっぱいに、その日のテーマにこじつけて好きな作文を書いた。先生が笑ってくれると満足した。

私はもう一時間たりとも休まなかった。先生にかまって欲しくて保健室に顔を出すことはあったけれど、それも休み時間や放課後だけの話。チャイムが鳴ると、まっすぐ生物化学講義室に走る。暗くて冷たい、どこか濡れているような気がする廊下。それでも迷わず駆けていく。「教室」がそこにあるからという、当たり前の理由で。

あの二月の感覚を何と言ったらいいのかわからない。生まれて初めて自転車に乗れた瞬間のような、あの「あれ、漕《こ》いでも倒れないや」という不可解な気持ちでいる数十秒間、に似ていただろうか。

――今までのはなんだ？　なんだったんだっけ？

劣等感が遠ざかる。悪い夢を見た保健室のベッド、友だちに「大丈夫？」と訊かれて薄笑いで「大丈夫」と返す時の居心地の悪さも。同じ教室に居るだけの人に向けた、むやみやたらな憎しみも。若干の陶酔を込めて日記帳にこぼした涙も。全部が後ろに流れていく気がした。

それでも、講義室から出ていこうとする時、廊下から集団の笑い声が聞こえると、手を止めてしまう自分が居た。反射的に足がすくむ。笑い声が通り過ぎていくのをじっと待って、ドアを開ける。もう下級生しか居ないのに、なに情けないことしてんだ、と後から思う。

自分はここから抜け出せるんだろうか。春が来て、雪が融けて、その時にはちゃんと別の場所に行けるんだろうか。

まだ思い出せるのだけれど、二月のある日、ほんとうにある日としか言いようのない日に、私は階段をのぼりながらふと思った。

ああ、生きてかなきゃいけないなあ、と。

なんで突然そんなことを思ったのかわからない。でも、今でも特別棟の階段をのぼってふっとそう思った、瞬間の感覚をおぼえているのだ。職員室か、美術室か、どっちに向かっていたのかは忘れてしまったけれど、とにかく講義室から出てすぐ横の階段、一つ目の踊り場の手前を駆けのぼっている途中だった。

――どんなになっても、生き残ろう。

これから先、嫌なことはいくらでもあるだろう。二十八歳とか、三十六歳とかの私も、もうやめちゃいたいと思うことがあるだろう。どんな道を選んでも、当然のこととして。そういう時は、この劣等感まみれの高校生活を思い返せばいい。そしたらきっと生き残れる。

頭の左上のほうで窓がひかっている。雪明かりか陽の光か知らないけど。

卒業式は二回

「今どこ？」とメールを打つと、「二階の特別棟。ＬＬ教室の前にいるよ。」と返事が来た。

三月一日、卒業式。補習組の私が出る資格のない式だった。それでも私は学校に侵入して（自分の学校に侵入するなんて変な感じ、しかもなかなかの度胸だ）、校舎の片隅からＰＨＳでメールを打ったのだった。

玄関前は卒業生でごったがえしている。部活の後輩からもらうものなのか、花束の頭がちらほら見えた。

その人ごみの気配も届かない、二階の教室の端の端。三年間の学校生活で一、二度しか使ったおぼえのないＬＬ教室の前で、Ｍちゃんが待っていた。彼女の手のなかには真新しい携帯電話がある。

「私、卒業式みんなと別だってさっ」

と告白したのは一月の末だった。補習の日程が決まり、三月一日までの卒業が無理だと確定した後である。Mちゃんはひとこと、「やだ」と言った。その前に、今年の受験が無理だと言った時にも、私よりパニックになったのが彼女だった。「私も浪人する、受験絶対落ちるから！」とまで口走ってくれたのである。「いや、そこは受かろうよ」と返したけれど、内心嬉しかった。

卒業式の後で食事に行こう、と言い出したのが私だったか、彼女のほうだったか、忘れてしまった。とにかくそれはすんなり決まった。卒業式が一緒じゃないことは問題じゃなかった。

慣れない携帯メールを使ってこっそり待ち合わせたあと、学校を出た。

「先生が『残念ながら豊島（仮）はみんなと一緒に卒業できないことになった……』って言ってたよ。あれはみんな、留年だと思ってるね～」

「げ、マジで？」

バスに乗って駅前まで出たあと、どこで食事するか決めかねてうろうろした。時間的に早かったのかもしれない。

駅前には、さびれる一方のショッピングビルがふたつある。高校に入ったばかりの頃は、帰り道にファーストフードやアイスクリームの店があるのがめずらしくって、お腹《なか》が空《す》いて

お嬢さん…
時代はまだ
PHS
ピッチ
だったのです…
今見るとビックリ
PXメールDX《デラックス》って何…?! 死語..?
着信メロディーが単音
なので自作で
モノクロ画面
Panasonic
ていうか、何でそんな
2~3行表示が限界
my初代ピッチ(現存)
PXメール
笑点のテーマ自作したんだけど聞く?

いるわけでもないのにここで何かを食べていた。最上階のレストランフロアから見下ろす街はなんだかぱっとしなかったけれど、それでも、ジャンクフード片手にお喋りをしているだけで「高校生になったんだあ」という気分を味わえた。私が電車通学をやめてからは、そういうこともなくなっていたけれど。

私たちはそのビルに入り、昨日までそうしていたみたいに寄り道コースをたどった。一枚二千円や三千円の服屋を見るともなくうろうろしたり、一年生の時に躍起になってかわいい文房具を探した雑貨屋を流したりした。多分、買い物はしなかったと思う。入学したての頃きらきらして見えたものが、そんなにいいものでもないことをもう知っていた。

途中、エレベーターホールにある椅子で一休みしつつ、Mちゃんが一足先にもらった卒業アルバムを見せてもらった。「この人ってこの人と付き合ってたよねー」「えー？　聞いたことなーい」なんて、他人の顔を指しながら勝手なお喋りをした。

気が済むまで喋ったあと、結局ビルを出て、近くのラーメン屋に入った。狭い街だけあって、クラスの男子グループとハチ合わせてしまったけれど、見なかったことにして奥の座敷に座った。

その後のことはもう、おぼえていない。ラーメンを待ちながら、Mちゃんはいつもは口にしないような個人的なことを喋ったし、私も今まで彼女に言わないできたことを喋ったと思

卒アルの写真はなぜ
ねぐせなおんねーよ
いんじゃない
30分後
BADコンディションばかりなのか
いつもこうだって事?

う。でも、どうやって別れたのかどうしても思い出せない。きっと、いつもみたいに「じゃあ」「またね」と言って別れたんだろう。

みんなの卒業式の後も、補習は順調に消化されていった。

Pちゃんが一番最初に抜け、イケメンがそれと数日違いで抜けた。ふたりはそれぞれ校長室で卒業式をやったみたいだった。「こんなに何回も卒業式をやるのは初めてだ」と学年主任の先生が言っていた。

私はひとりで生物化学講義室に残されて、一週間ほどこつこつとプリントをやっていた。窓の外の雪は目に見えて減っていく。晴れた日には春のにおいがする。誰も来ないので、堂々と二時間目から早弁をした。無音なので、箸の音さえ部屋に響いた。

時々、この先に待っている卒業式のことを想像した。お母さんは泣くだろうな、とか、ひとりしか居ないから校長先生から直接卒業証書をもらえるんだな、とか、具体的なことを考える。一方で、卒業というものに全然実感が湧かない自分も居た。

この制服を脱げる日が来るなんて信じられない。こうして特別棟の隅にひとりで残って、学校の亡霊にでもなるほうが自分にはおあつらえ向きのような気がする。暗い廊下、重い制服、劣等感と卑屈な自意識。全部が身体に馴染みすぎた。卒業した後の世界なんて本当にあるのか、いぶかしく思う。

それでも卒業の日はやってきた。

平日だったけれど、お父さんもお母さんも仕事を休んで高校に来た。お母さんはやっぱり式の前からぐずぐずで、「本当に先生方からは良くしていただいて……」と半泣きで担任の先生に挨拶をしていた。

校長室のドアの前で待機したあと、「卒業生、入場」の声で中に入ると、パイプ椅子を並べて二、三十人ほどの先生が待っていた。主にお世話になった先生はだいたい来てくれているようだったけれど、「運動会で転んでビリになった時もらう妙に温かな拍手」と同じ雰囲気の拍手で迎えられたのが恥ずかしく、誰が居るのか落ち着いて見渡すことができない。

部屋のど真ん中にぽつんとひとつ置かれたパイプ椅子が、私の席だった。普通の式と同じように、進行役の先生がプログラムを読み上げる。「校歌斉唱」と言うので、伴奏のテープでも用意してあるのかと思ったら、音楽の先生が「ラーラーラーラララーラ♪」と前奏部分を朗々と歌い上げたのでちょっと笑ってしまった。完全アカペラ。Pちゃんの卒業式もイケメンの卒業式もこうだったのだろうか。

このまま笑って式の最後まで行きたいなあ、と思った。学園ドラマじゃあるまいし、やっとこさ卒業した落ちこぼれ生徒になって感涙にむせぶわけにはいかない。確かに私は、一度行方不明になったあげく授業に出なくなりテストは三百番落ち、この学校史上でも五本の指に入る落ちこぼれであろう。だからこそ余計、泣いたらダサい。

——めっちゃくちゃいい笑顔で退場してやる。ようやくこれでおさらばだぜ！　って感じで。

校長先生が挨拶をしに前に立つ。卒業生がひとりしかいないものだから、私は真っ正面から校長先生の視線を受けた。「豊島さん（仮）は、非常に感受性が豊かなようですが、それだけでは生きていけない」など、名指しの（つまり、ひとりの卒業生のためにわざわざ考えてくれた）挨拶が終わると、そのまま「卒業証書授与」に移る。

校長先生は、その年で退職だったこともあるだろう、目を赤くして証書を差し出した。みんなと違う日付の書かれた卒業証書を受け取って礼をすると、条件反射のように目頭がつんとした。

——あー、やばい。

唇を噛んでこらえようとした瞬間、背中のほうから誰かがハナをすする音が聞こえた。しょっぱなから泣いているお母さんとは別の声だった。どの先生だろう？　と思った瞬間には涙がこぼれていた。

——ああ、本当に終わったんだ。

拍子抜けだろうか、心からの安堵《あんど》だろうか。とにかく栓が抜けたような感じがして、私はぽかんとしていた。

何があんなに嫌だったんだっけ？　何が気に食わなくて、何に対してもがいて、何が怖かったんだっけ……。

長い夢を見ていたんじゃないかと思った。さんざんわがままを尽くして、親も先生も友だちも困らせたあげく「夢だった」なんてとんでもない台詞かもしれないが、そうとしか形容できない。今まで自分の全てに等しかった、むやみやたらな拒否感情が、卒業証書一枚でふっとんで、ただの過去になるなんて。

ＰＴＡ会長や市長の挨拶はない、送辞も答辞もない。卒業証書をもらったら式はすべて終わりだった。

「卒業生、退場」

椅子を立ってドアのほうに向き直ったら、もう一度拍手が待っていた。今度はさっとでも先生方の顔に目を走らせてみる。保健室の先生、美術部の先生、家出した時の担任の先生……。だだっ子の私の面倒を見てくれた先生たちが、手を叩いてこちらを見守ってくれている。

顔があつい。目からぼろんぼろんと水がこぼれて止まらない。おさらばだぜ、なんて豪快に笑う余裕はまったくなく、私は、多分真っ赤になっている顔を伏せて、足早に校長室を出た。

廊下に出ると、遠慮なく頬をべちょべちょにして泣いた。すぐ横の職員玄関から、外の光が射し込んでいるのが見えていた。

今日まで知らなかった。世界はこの学校だけでできてるんじゃないのだ。

もう誰も私を笑わない。世界はひろいから、わざわざ私を見る人なんかいない。私は別に何者ってわけでもない。これから何をするのも、どうなるのも、自由だ。

真新しい制服を着て、クラス章のピンバッジや生徒手帳、ちょっとしたお菓子や雑誌など、中学の時には持っていなかったものに囲まれて電車に乗っていた頃の気持ちはうっすらとおぼえている。まだ親しくなかったMちゃんが隣に座っていた。

クラスのみんなはどんなかな。みんな頭いいかな。部活何入ろう。先輩怖くないといいね。先生もね。

春の朝の、まっさらな光が窓の形に電車の床に落ちて、カーブに差し掛かるとゆっくりと動く。

あれはほんの三年前の話だ。あっという間に大きな手にもみくちゃにされて、放り投げられたようにこの三年は過ぎてしまった。

また、春が来ている。雪が融けてなくなったら、私は別の街へ行って予備校に入る。もうみじめな自分のためになんか泣かない、と思ったけれど、それが実際に達成されたかどうかは、また別の話だ。

あとがき

　この本は「Webマガジン幻冬舎」で、二〇〇五年三月から、二〇〇六年三月まで連載していたエッセイをまとめたものです。高校生を主人公にした『檸檬のころ』という小説を刊行する時、担当の菊地さんからウェブで何かエッセイを書かないかと誘われ、「じゃ、せっかくだから高校の話で！」と即決した企画でした。『檸檬のころ』は、地味な高校生活から、あくまできらきらしたところを掬《すく》うというコンセプトだったのに対し、この『底辺女子高生』は、負の部分を思いっきりやってやれ、という気持ちで書いています。小説を書く時には逃げていた部分も、笑い混じりのエッセイに仕立てれば書けるのではないか、と考えたのでした。よってこのエッセイは連載当時「愚痴っぽい」というか「愚痴しかない回がある」と評されたりもしています（主に親に）。

　それでも書きたいと思ったのは、どこかに、十六、七の私と同じような高校生が居ると思ったからです。わかりやすい理由がないのに、自分も世の中も嫌いでしょうがない高校生が（それはある意味、自分をとっても好きということなんだけど、健康な「好き」ではない、多分）。友だちにも先生にも下宿ファミリーにも恵まれながら、私は確かに世の中が憎かった。読み返すと、こんなにたくさんの人たちがやさしくかまってくれたんだなあとびっくりするけれど、当時の私はその幸運がわからないくらい自分にいっぱいいっぱいだった。もちろん、そういう足元の幸せに気付いてくださいなんてメッセージを送りたいわけじゃなくて、私が言いたいのは、こんなに目の前が見えないくらいあっぷあっぷしていても、いつかはどうにかなるってことです。無責任な大人の言葉に聞こえたらごめんなさい。でも私は、十六、七の自分に会えるなら、大丈夫、ってことしか言わないと思います。

でも、ここでいくら調子のいいことを書いたって、五年後の私はやっぱり自分の高校時代をよく思っていないかもしれません。状況が悪くなれば、「全然大丈夫じゃねーよ！」と思うこともあるでしょう。それでも、こういう安定した時期に、自分がみじめでしょうがなかった高校時代をまとめられたことは幸福だと思います。

だからこの本は、「今、底辺」と思っている十代の男の子女の子たちと、多分「今こそ、底辺」ってまたくじけるはずの未来の私に捧ぐってことで、どうでしょう。あ、むろん、「底辺」など関係ないのに最後まで読んでくれたあなたも、（愚痴を聞いてくれて）ありがとうございました。

で、ここからは私的な言い訳になってしまうのだけれど。

まずはMちゃん、ごめんなさい。このエッセイを読んだらきっと怒るだろうなー、と思いながらも書いてしまいました。もちろん、悪く書いたところは一行もないつもりだけど、こんな場に登場させられたというだけで君は怒りそうだ……。でも、Mちゃんを外しては高校生活を書けませんでした。ほんとにほんとにごめん。

それから、私の生活に関わってくれたみなさま。お世話になった感と登場具合が必ずしも比例してなくてごめんなさい。特に先生がたには、生徒からは見えない類の苦労（事務的にも心理的にも）をかけてしまったはずですが、それを必ずしも汲んでいない文章になっていると思います。ここで感謝させていただきます。

出来事も、これですべてではありません。私の記憶に於いてとても大事なことでも、事情があって書かなかったことがいくつかあります。修学旅行の夜のこと、書きたかったなあ……。そういうのはまあ、胸に秘めつつ持っていくことにします。

なお、このエッセイではカットも描かせてもらいました。素人の絵なのでお見苦しい点が多々あると思いますが、どうかご容赦ください。

二〇〇六年　五月二十三日　　豊島　ミホ

この作品はＷｅｂマガジン幻冬舎（二〇〇五年三月十五日号から
二〇〇六年三月十五日号）に連載された文庫オリジナルです。

底辺《ていへん》女子《じょし》高生《こうせい》

豊島《としま》ミホ

平成18年8月5日　初版発行
平成24年2月10日　2版発行

発行人——石原正康
編集人——菊地朱雅子
発行所——株式会社幻冬舎
〒151-0051東京都渋谷区千駄ヶ谷4-9-7
電話　03(5411)6222(営業)
　　　03(5411)6211(編集)
　　振替00120-8-767643
印刷・製本—中央精版印刷株式会社
装丁者——高橋雅之

幻冬舎文庫

ISBN4-344-40832-2　C0195　と-8-1